我兒漢生

（增訂新版）

蕭颯

她的作品，表面看來是輕巧的，實質上卻是溫厚的。她的作品通篇無一字說理，絕不霸氣的肯定什麼的。你所能看到的，只是鮮活生動的生存狀貌，使你同情、感動和深深思悟。

——司馬中原

二十世紀七〇、八〇年代之交的許多才萌發的現象，在蕭颯的筆下留下了她敏銳的見證。重讀她的這本小說集，感受到的時間差竟是如此微小，我們會領悟到，原來我們現在視為理所當然的生活現象，蕭颯早在它們的萌芽期就告知我們了。

——陳雨航

在女作家中，像蕭颯這樣，敢於向新體材挑戰（也向自己挑戰），勇於探入社會現實，能從小說家而逐漸成為深刻的思考者，在國內實不多見。她的發展與動向，值得我們密切關心；而她的成績，則值得我們給予立即的掌聲。

——詹宏志

附錄

漢生媽媽難爲〔序〕

陳雨航

當威權家長的傳統遠去，我們也就迎接了自由開放的時代。做父母的對兒女儘管有期待，但多半僅止於曲折婉轉的誘引，甚或欲語還止，為的是免傷親子感情。

就是這樣的時代，身為中產階級知識分子，顯得更為開明的漢生的母親（和父親）是努力的試圖理解兒子、幫助兒子，終歸感到徒勞和無力。母子關係竟是日漸稀疏冷淡，即使她如何自省，依舊難以溝通，使她不知如何是好。你能忍受的底限放到了底，然而年輕的孩子通常比你能想像的走得更遠。

一九七〇年代後半，二十五歲才女作家蕭颯的傑出短篇小說〈我兒漢生〉以第一人稱母親的觀點，敘述年輕人的成長與叛逆，企圖與挫折，更重要的是道出了那已成形的開明父母的尷尬與困難。小說獲得了讀者廣泛的共鳴，也為她贏得了聯合報小說獎。

一般認為蕭颯以此作（和其它作品）奠定了她小說家的位置。奠定小說家位置的更大因素不是文學獎而是她作品的社會性。〈我兒漢生〉（以及前後的小說），展現出作者對時代脈絡的敏銳觸覺，和社會現象的深刻描繪。因而在文學的技巧之外，也引發了相關議題的探討，這主要包括了家庭議題，青少年議題，另外也及於女性議題。

蕭颯的作品對於中產家庭和青少年題材特別關注，成績也非常獨到。她後來發表的〈小葉〉、《少年阿辛》、《死了一個國中女生之後》等等都可以看出她在這方面下的工夫。

這本發表於一九七八～一九七九年餘間，而於一九八一年初出版的短篇小說集《我兒漢生》，除了名作〈我兒漢生〉之外，另一篇〈實驗電影展〉也聚焦於年輕人的理想與現實之間的艱辛。〈實驗電影展〉的主角梁世淳，或許可視為一個成熟的漢生，圓融一些，也相對善於折衝。但出道三年，做了些事，很有些經驗的他，在女友心中也不禁被嘆為「為人作嫁，毫無前途可言」。他為了昇生自己經營的雜誌，辦了實驗影展，勞心勞力，連汽車都轉手了，結果卻以不成功收場。小說臨結束時，男女主角寥寥數語的對話很能表達這是兩個不失為積極而可愛的年輕人：

「你就是這樣的人。」

「我是什麼樣的人？」世淳這回懂了：「好人？還是壞人？」

「有什麼好壞呢？」若蓁聳聳肩：「不過做就總比不做好吧！」

〈實驗電影展〉對七〇年代的文化現象有很精采的描述，於男女關係、親子關係的描寫也很具代表性，佈局、人物都很成功，是一篇成績不下於〈我兒漢兒〉的傑作。不知是不是發表的媒體或是缺少了文學獎的光環，似乎較少受到注目。〈實驗電影展〉、〈我兒漢生〉、〈婚事〉、〈廉楨媽媽〉四篇都共同具有兩代之間價值觀溝通的難題。除了〈婚事〉有著金錢上工於算計的衝突之外，另外三篇的兩代之間都有著並不想為難對方（某一階段的漢生可能超過了些），可就是免不了或多或少的衝突和扞格。

二十世紀七〇、八〇年代之交的許多才萌發的現象，在蕭颯的筆下留下了她敏銳的見證。事隔近三十年，重讀她的這本小說集，感受到的時間差竟是如此微小，我們會領悟到，原來我們現在視為理所當然的生活現象，蕭颯早在它們的萌芽期就告知我們了。只是她發表的時候引發眾人驚詫和共鳴的討論，而我們如今竟是習以為常了。

時間差在細節上還是有的，譬如那時候得停下來在路邊找電話筒打電話，也常常找不到人，如今經由手機和伊媚兒，這些都很容易就解決了。

工具是進步了，但溝通依然不是一件容易的事。

《我兒漢生》初版自序

蕭颯

我一直不認為十來篇短篇小說的集子，能有什麼資格當之「一本書」而無愧。但是，從我的第一本書《長堤》到這本《我兒漢生》，我竟然也出版了四本書。每一本對我而言，紀念價值遠超過成就感。譬如《長堤》，其青澀，其純淺，和我記憶裡的一些人和事，早已連成一體了。而《我兒漢生》，則和我女兒張源的出生，又是另一些記憶。

《我兒漢生》曾經引起相當的注意，我說的「注意」，並不單指見諸文字的評論而言，而是一些看過的人的反應。有好幾次，在完全陌生的場合，無意間聽見別人談起；稍微留意一下談論的人，多半是些三十歲上下的年輕人，語氣相當激動。另外，也有很少見面的朋友，當面提起，也許見面三分情，總說「你寫出了我們心裡的漢生。」還很清楚地指出幾個情節。有這樣的反應，心裡自然很難壓抑得住那股暗自高興。但是，另一方面負擔也很大——因為我一直認為我對漢生和第一人稱的母親，都是公平而沒有褒貶的。但是為什麼那位母親卻沒有得到如期同情？到今天，我仍沒有答案。

為了這一點，我在《我兒漢生》結集出版之際，寫下這篇序，也當自己的一點警惕。

我兒漢生

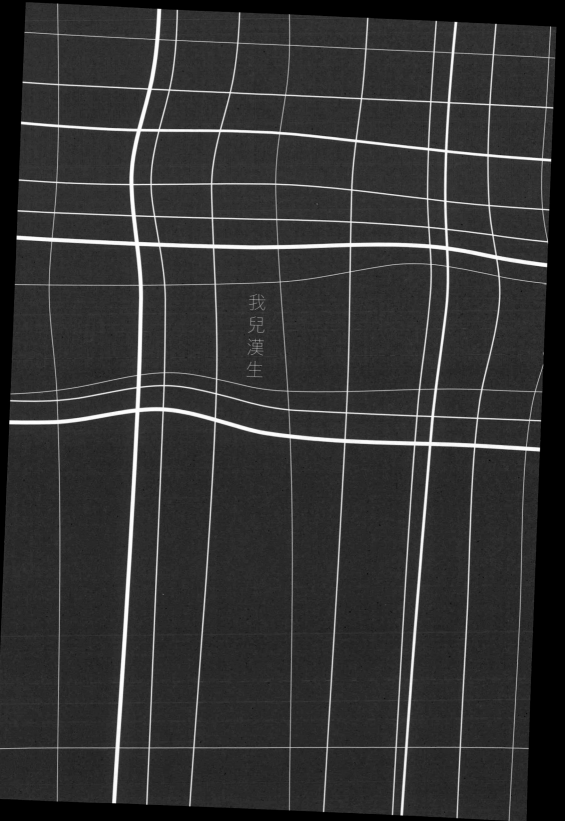

憤怒的草莓

年初五星期六，黃振輝一家五口興高采烈的由台北下苗栗，一路都十分順利。原先黃振輝還擔心從沒出過市區的「速霸陸」吃不消台北新竹一段高速公路，不過事實證明他的車是禁得起考驗，時速上了七十雖說有些前搖後擺叮咚聲響，卻也照樣追著大型遊覽車後頭飛馳。倒是出了苗栗，經過出礦坑一段溪底卵石路後，車前蓋開始冒濃煙，溫度指標也節節的直往上升。

「怎麼回事？怎麼回事啊？你還不快停車看看。」

黃太太生得矮小瘦弱，看著就像個膽小怕事的女人，一瞧冒煙馬上就聯想到車子會爆炸起火，伸手摟住最小的兒子，尖著嗓子便慌喊。黃振輝皺起眉頭，惱車子不爭氣，也氣妻子大驚小怪。選了處略寬的路面煞住車，下來掀起車蓋看了半天，卻才伸手便給燙了一下。

「該死！」黃振輝一邊護疼一邊叫道：「有沒有布啊什麼拿來？」

「哪有什麼布?」黃太太也湊上來看看,只見一片油黑污穢的凌亂機件,也瞧不出個所以然。

「啊!算了!」黃振輝不耐煩的揮揮手,由褲袋摸出條細白手絹撕成細條堵住了水箱的小漏口:「找點水。」

「哪去找水……」黃太太略略一想倒也有了主意:「黃順義!把水壺拿來。」

黃順義是老大,已經上了小學,所以特別受到「禮遇」稱呼他學名。孩子們一聽叫,卻是六隻小手一處忙,搶著個水壺誰也不肯放手,只想爭個功勞。那頭黃振輝等得發火,大喝一聲探身到車廂裡一手將水壺奪下:

「幹什麼?你們!成事不足,敗事有餘。」

水箱灌了水,又穩穩跑了起來,黃太太吁口氣問:

「沒問題了吧?」

「沒問題?問題大了!」

一壺水灌下去,車子開不出幾公里就又漏光了,黃振輝只得一路開開停停的找溝水添加。三個孩子卻不知道利害,一路追著問什麼時候才到虎山溫泉?草莓田在哪裡?怎麼還沒看到?因爲黃振輝在臺北時說起大湖產草莓,收成時候買著便宜而且在田裡吃根本不要錢。

「好了，不要煩！」黃太太推開由後座摟著她頭不放的老二，苦著臉向丈夫數落：「都是你！要去什麼聽都沒聽說過的溫泉。這下好了，荒郊野外的，看等會兒車子不走了怎麼辦！我說上陽明山玩玩算了！你偏不聽。你們同事說那好，就一定好啊？我才不信！」

車過了汶水，有塊路牌指著左邊窄小叉道往清安，聽說清安進去便是虎山溫泉。只是這條路不但狹窄沒鋪柏油，還一路石子、凹凸坑壠不絕，小車子震上跌下，顯得黃太太臉色灰敗，孩子們卻不以爲苦，趴在窗口一派天眞的指著路邊果園，問開白花的是什麼樹？裹著塑膠口袋的是什麼果子？黃振輝把著方向盤，一頭汗水：

「我又不開農場，知道那是什麼？」

他現在只求車子在抵清安前不要拋錨，雖然不指望清安是個什麼大地方找得到修車行，可是好歹是客運終點，總該是個小鎭集。可惜天下事十之八九不從人願，車子終於在半路不走了，毛病自然出在引擎，黃振輝自己折騰了半天，只弄得一手一身油垢；引擎卻再也發不動。

「這怎麼辦？怎麼辦呢？」

黃太太也是城裡頭長大的，只見滿山遍野除了樹就是土，道路上人影不見一個，急得直跺腳，黃振輝找著山溝水清洗，新買的灰毛線衫上的油污卻是愈洗愈糟。

「我問你怎麼辦嘛！你不說話是什麼意思？」

「總會有車來。」

「有車來有什麼用？」

足足盼望了二十來分鐘，總算來了一輛往裡走的摩托車。黃振輝橫身過去阻攔，又差點給騎車的中年男人撞個滿懷。

「幹什麼！」男人脣角還留著褐紅的檳榔汁，開口滿嘴酒氣。黃振輝忙賠著小心，央求他載一程進去找人修車。

「哦！哦！你們是來玩的哦！我家就住在清安，裡面沒有修車呀！」

「那，那有沒有計程車？」

男人猛搖頭，突如其來的打了個嗝，吐得黃振輝一臉酒臭：

「計程車？哪有什麼計程車？不過有叫客的車子，到溫泉都坐叫客的車進去。對了！你們可以包阿坤叫客的小轎車。」

「好！好！麻煩你載我進去，可不可以？」

「可以！可以！」

男人爽朗得滿口答應，黃太太瞧著卻不放心，拉過丈夫低聲叮囑著：

「他喝了不少酒啊！」

「沒關係！」黃振輝把太太兒子推進車裡，囑咐說：「把門窗關緊，不管什麼人來都不要開。」

趕到清安，阿坤的車子卻剛剛給人包下山裡去了。黃振輝苦等了一個小時，幾乎抽掉半包菸，才算等到他出來。交易又談了半天，說好送他們一家大小進虎山溫泉，然後由阿坤去大湖找人修車，明天一早再接他們出來，價錢一共是一千塊，最後以九百五成交。黃振輝雖然心疼錢，可是再想想今年年終獎金拿了兩萬五，心裡也就釋然了些。

「生意不好賺啊！這裡路不好走，車子壞得快。」阿坤十分健談，接到黃太太他們後，又問入山證辦好了沒有：「還沒辦啊？你們完了！應該在苗栗辦好來的。假如這裡哨長不給你們辦，你們只好回去了。」

經過阿坤指點，黃振輝忍了一肚子彆扭，在檢查哨說盡好話，賠盡小心，總算得了方便准許他們補辦。

「下不為例哦！你們應該在分局辦好來的，如果每個人都像你們到這裡來辦，一天六、七千人進去，我們不給忙死？」

黃振輝辦好了入山證，三個孩子又圍著他嚷餓。

「餓什麼？到了再吃飯。」

天色一層一層的暗了下來，窗外是什麼也看不見了，只有車燈下的小路迂迴曲折，黃太太看得心底直發毛：

「還有多遠啊？快到了吧？」

「快了！快了！」阿坤駕著方向盤一派輕鬆的：「你們旅館已經訂好啦？」

「沒有！」黃太太瞪起眼睛忙問：「還要先訂啊？」

「當然，剛才進來時候你們沒看到外面停了三輛大遊覽車啊？都是日本人，觀光客。我看你們完了，旅館一定已經客滿了。」

「都是你！」黃太太一聽就急了，搥著丈夫嚷：「跟你說到了那裡沒地方住怎麼辦！你看！你看！」

「唉呀，到了再說，有錢還怕沒地方住？」

「那不一定哦！」阿坤得意的呵呵笑著，黃振輝聽來只覺得刺耳。

虎山溫泉的旅館築在大安溪中一塊龐大岩石上，環境奇特，兩頭以吊橋銜接，夜晚遠遠看去，燈火在氤氳嵐氣中明滅閃動，十分輝煌。黃振輝領著一家大小找到服務臺，一個管事男子愛理不理的，問到他才勉強張口說：

「沒有房間啦！」

黃太太一聽兩腳就軟了，幾乎央告的問：

「怎麼會沒有房間了呢？我們是從臺北來的呀！」

「團體房，團體房呢？」黃振輝忙說：「我們包一整間。」

「沒有了啦！你看！」男子伸手指著人影幢幢的飯廳：「今天來了這許多人，初一到現在，房間就沒空過。」

黃振輝看著說不通了，賭氣牽起老三掉頭便走：

「什麼玩意兒嘛！日本人？哼！我們到上島去。」

「爹地！我要吃飯。」

孩子卻是纏著爸爸不肯走，黃振輝火大了，揮手給了他一巴掌，黃太太忙奔上來奪下大哭的兒子，另兩個大點的孩子一看情形不妙，也就敢怒不敢言，翹起嘴跟著。在橋頭等著的阿坤一見大人小孩又過來了，笑得一臉諷刺，像是說：你看吧！是不是？

黃振輝又花了一百塊錢，一家人顛顛簸簸穿溪底過淺水，才總算到了更裡端的上島溫泉。招待所是幢日式建築，前廳裡男女老少穿梭不斷，好不容易的找到了管理員，卻是黃振輝還沒開口，大個子管理員就亂搖兩手乾啞著喉嚨說：

「我已經不能說話了，我不能再說話了，我帶你們去看，要就要，不要就不要，我是不能再說話了。」

管理員領著他們經過整排隔成小間的臥房直往裡走，裡頭是個正方形隔出四個大間，裡頭男男女女黑鴉鴉一片，就連房子外圍鋪上榻榻米的走道也坐著五六個大學生模樣的年輕男女。管理員便指著他們對黃振輝說：

「那邊是他們睡。你們從這裡開始：一、二、三、四，四個榻榻米是你們的。兩個人一條被。」

黃太太傻了眼，直瞪著丈夫看。

「啊！這位先生！」黃振輝忙掏出了洋菸雙手敬上：「這位先生！我們不能睡走廊啊！」

「怎麼不能？人家都睡！」管理員接過菸，口氣卻一樣不平和：「你們怎麼決定啊？」

「幫幫忙，幫幫忙好不好？」黃振輝覺得自己幾乎要伸手去握緊他的雙手了：「外面小間好像還有空嘛！」

「哪有？」管理員兩眼一瞪：「那是人家出去了！有我還不給你們？難道自己留著住不成？」

「再想想辦法！拜託！拜託！一間，一間就好。」

「你要半間也沒有！我是不能再說了，不能再說了。」

大個子管理員大踏著步子走了，黃振輝撇下妻小也忙跟了出去，鍥而不捨的追問：

「這位先生！再想想辦法好不好？我們大老遠從臺北來，那走廊怎麼睡人？房間裡的人進出都要走過的，不行！不行啊！一小間就好，錢沒有問題。」

「不是錢啊！是根本沒有嘛！」大個子管理員像躲瘟疫一樣閃進了一間邊屋，探出半個身子說：「我是不能再說話了！從大年初一到現在，天天這麼多人，我是不能……」

「這間呢？」

「這是我住的。」

黃振輝也不經同意，伸手一推門，屋裡亂些，可是到底是一個房間，他試探的問道：

「可不可以……」

「不可以！」大個子管理員挺胸一擋，他沙啞的喉嚨發起怒來格外嚇人。

黃振輝覺得自己從來沒有這般受屈辱過。晚飯草草吃了，領著一家大小在人家走廊下坐著，聽裡裡外外那群年輕男女笑鬧喧嚷，就連洗澡都還要排隊。這和他當初的想像出入太大，原來他們可是要在套房裡泡泡溫泉，出浴後手擎香茗坐在套房外的陽臺看看風景，呼吸一下清新空氣……相差何啻天壤！

「喂！喂！你們快點好不好？」黃振輝再也忍不住，衝出去對一個手抱吉他坐在浴室門口歌唱的女生說：「這種公共浴室還由你們一個個洗，那要洗到什麼時候？」

女生對他只翻了翻白眼，又唱了一句什麼「I Love You」，才放下吉他說：

「當然要一個一個洗，我們又不是日本人。」

好不容易等他們都洗完已經九點多了。黃振輝才領了一家進去洗澡，耳朵裡彷彿還聽到有嘻笑聲說什麼日本人。浴罷，一家換上乾淨挺括的睡衣魚貫走來，孩子說要出去玩，黃振輝使個眼色要太太帶著要緊東西，自己也拎起〇〇七手提箱。那群看似學生模樣的年輕男女，才等他們前腳出去，便哄然大笑開來。

「那個爸爸的綠睡衣笑死我了，還加花邊耶！」

「喂！喂！你們看見過穿睡衣拎〇〇七手提箱的？」

「嚴肅一點！嚴肅一點，人家一家大小進得了上島，出不出得去都在那口〇〇七裡了！你們知道什麼？」

笑聲在冰涼的冷夜裡像是凍結成了一塊一塊的，敲在黃振輝耳朵裡特別沉重。外頭沒有月色沒有燈，一片漆黑，什麼都看不見，提議出來玩的老二也覺得索然無趣便說：

「這裡不好玩，我要回家。」

黃振輝皺皺眉頭，帶著他們在小花園裡溜了一圈，便早早安排一家睡了。那黃太太整夜翻來覆去，黃振輝也是一夜沒法好睡，先是屋裡的十幾個男女出出進進，還有那批和他們緊鄰的大學生唱歌玩笑，一直鬧到半夜才安靜了一陣子。原以為他們這就要睡了，卻是又有人提議玩牌，一夥人圍在一處，也不知道為什麼總嘶叫些水果名字：柿子、橘子、蘋果……直到天色濛濛亮，黃振輝才恍惚入夢。但是才睡著，就又給屋裡早起的人聲吵醒，接著乒乒乓乓盥洗走動聲，等黃振輝決心起來不再睡了，那批年輕人又一個個早不見了蹤影。

吃了早飯，一家枯坐在外頭涼亭裡等阿坤的車子。聽別人都讚美早上的霧氣朦朧，黃振輝也勉強提起興致對太太說：

「這兒晨霧滿有意思的。」

「有什麼意思？陽明山的不是一樣？」

出山經過溪底的時候，黃振輝又看到昨晚那群年輕學生，看他們歡天喜地的邊走邊唱，還有些在大石頭上跳上跳下輪著拍照，這才想起自己的相機還留在車上呢。

好在拋錨的車已經修妥。回到汶水時候，路邊有擺攤子賣草莓的，一家下了車，黃太太卻指著塊路牌說山上有所法雲寺，過年還沒去過廟寺，要上去拜一拜。黃太太信佛虔誠，拜拜又抽了支上上籤，高興得了不得，給了一百塊錢添油，又要黃振輝也抽一支，卻是展開籤條一看，上頭寫的是——

觸人口氣最難吞　忽有災危禍到門
卵破巢空無宿處　深為穩便把心存

「說些什麼？」

「沒什麼！」

黃振輝看得心驚，隨手捏成一團塞進口袋裡。黃太太雖然一肚子狐疑，可是也拿丈夫沒辦法。下山後在草棚裡買一斤二十塊的草莓，黃太太一口氣說要十斤。

「買這許多幹嘛？」

「吃啊！」黃太太勾著腰擠在木箱間挑挑選選，早忘了那支籤的事：「你知道臺北一斤什麼價錢？買回去送人也好。」

黃振輝心裡總嘀咕籤上那句「卵破巢空」，遠遠坐著看他們母子挑草莓的快樂模樣，忍不住一陣悲悽，想想又把籤條拿出來再仔細看一遍，這才發現旁邊可還有一行小字，寫的是：「凡事守舊則吉」，心底這才覺得寬慰了些，那就凡事守舊吧！像這趟旅行就是沒有墨守舊規留在臺北，才會弄得如此狼狽，以後可不能再出什麼新花樣了。公司裡的差事也得好好幹，起碼今年不能再興自己作生意的念頭了。

回臺北一路上，就聽黃太太喜孜孜的算計著十斤草莓在臺北是什麼價錢？回去後要送給些什麼人？黃振輝聽著也覺得歡喜，好歹這一趟總算是有了收穫，回去後很該選上一大盒，晚上給黃協理送去，還要感謝他指引了這趟好去處。

回到家也不過午後兩點，黃太太一進門邊接過丈夫捧進來裝草莓的大紙箱，邊說：

「還是回家好！可把我累死了。」

卻是解開繩索往箱裡一看，黃太太臉上的笑意一時是收不起可也再笑不出聲了：

「我的天，怎麼都爛啦？」

黃振輝一聽趕上來，只見一箱草莓倒有半箱給壓得稀爛，湯湯水水甜膩四溢，不由臉色大變，這可不正是應了那句「卵破巢空」嗎？

「怎麼回事？怎麼會？」

黃太太就沒見丈夫這麼狂怒過，嚇得半天才吶吶的說：

「車子，車子震動吧！」

「才不是呢！」那黃順義瞇起像極了爸爸的小眼睛，指著兩個小的大聲提出了告訴。「他們打架，在箱子上壓來壓去，還……」

「喝！」黃振輝怒從心起，揚起一巴掌打得黃順義連連退了好幾步。「你怎麼不早說不早說？」

黃振輝打了大的又趕去揍小的，一時屋子裡大人叫、小孩哭，亂成了一團。那桌上一箱紅通鮮豔的爛草莓，也鼓脹得了不得，一個個都像是憤怒已極。

夜鶯之聲

發年終獎金的時候，薛承銘下定決心把他那架模仿名牌造型的廉價收音機送給工友老朱。他另外上中華路的電器行一家一家比價，最後以三千塊錢買了一架寫明四波段超靈敏度的身歷聲原裝收音機。

「夜鶯之聲」節目是以音樂爲主，再穿插主持人親切的閒聊，每天晚上十一點到十二點，整整播出一個小時，薛承銘是在偶然情況收聽到的，覺得選播的音樂不論是流行的，古典的，民謠……都還十分中聽，便就習慣性的成了忠實聽眾。一回，那聲音甜美清脆的女主持人鄭重的向聽眾解釋，她姓葉，茵是茵草的茵，希望聽眾以後來信，不要再寫成了「夜鶯」。幾乎所有的播音員都喜歡說：請您多多來信，批評指教。薛承銘也受了相當的誘惑，他寫了一封長信給「葉茵」，足足有三張信紙，說了許多傾慕的話。尤其讚美她那有如夜鶯般清美純淨的聲音。葉茵沒有回信，但是簡短的在節目中道了不敢當和謝謝他的來信。薛承銘受到鼓勵，於是再接再厲，也不在乎人家是不是給他回信，反正晚上閒得發慌，找件事情排遣，精神上有了寄託，總是好的。就這樣一封一封的寫，今天的編號已經是第四十四號了。他在信上告訴她，爲了能更精確、更完美的收聽到她那美妙的聲音，他又換了架高感度的名牌收音機，現在他甚至可以完整的聽到她每一次輕微甜蜜的換氣。

葉茵終於給了他回信，仍然簡短而含蓄，但是卻掩飾不了她是深受感動的。薛承銘雖然大喜過望，但是也極懂得把持，仍談些深沉的問題，說人生虛幻，生活苦悶……葉茵來信勸他對生命要有積極的認識，活著是爲了做更有意義的事情，而不能行屍走肉，虛度一生；有時候，她還在節目裡用那甜美柔蜜的聲音重複說著這些話。薛承銘開始相信，葉茵在節目中所說的每一句話都是爲他一個人說的。

他約了她見面。第一次沒有成功，葉茵說朋友以心靈相通，又何必一定要見面落俗套呢？第二次她以身體不適爲藉口拒絕了。第三次她才勉強答應。

薛承銘是一所大機構裡的小職員，賺錢不多，但卻是穩穩實實的長期飯票。有時候他也抱怨，做大機器裡的小螺絲釘，愈磨愈沒了鬥志，可是抱怨歸抱怨，握牢了的飯碗就算再粗簡也是最不容易摔掉的。就這樣檔案一管五、六年，女朋友也交過兩個，結果不是他嫌人家便是人家嫌他，不了了之。對於葉茵，他是很有自知之明，算是高攀了。不過姻緣前訂，就是牆也擋不住的啊！

星期天下午，薛承銘收拾得整整齊齊，趕到咖啡廳，比約好的時間還早了二十分鐘，選了處近入口的檯子，他甚至能感覺得到自己兩腿微顫肌肉緊張，他一再提醒自己，深呼吸，不要緊張，深呼吸……

葉茵說爲了方便辨認，她將穿件白色的毛衣，胸口別朵緞帶花。薛承銘幾乎一閉上眼就可以看見她嬌媚的模樣，只是五官模糊了些，不過大概還是認得出那鼻子、眼睛、嘴，正是他房裡那張大月曆上的女郎，薛承銘還擔心的一點，是她會不會太時髦了呢？好時髦的小姐眼界高難伺候，他眞怕自己應付不了前功盡棄。

兩點過一刻，玻璃門顫動著啓開了，先投進來的是一片耀眼的春日午後陽光，燦爛裡走近一位肥胖得根本沒有腰圍的年輕女人，她輕點著雙層下巴找人。薛承銘一時間根本不知道怎麼辦是好，不過他還是站了起身，因爲年輕的胖女人正穿著白色小圓領毛衣，胸口別了叢緞帶紮的紫色小花。

「請問小姐是，葉……」

「我是葉茵。」

她爽朗的笑說。葉茵和一般的胖女孩一樣，愛笑多話，一派的純眞善良，似乎在她來說，天下最悲慘的事也不過是她心愛的小狗病死了。

「瑪麗死的時候，我上節目都說不出話來，那天只好多放音樂……」

薛承銘強顏作笑的聽著，他願意自己是個有風度的君子，不能因爲她胖得離譜便怠慢了人家。他看她喝完了咖啡，又問她吃了晚飯再走好不好？

「不了！我和家裡說好回去吃飯，我弟弟今天回來，他在服兵役。」

薛承銘送她到車站搭車。鬧市入夜後的燈火一明一滅，閃爍不歇的映在葉茵粉白圓胖的臉上，她仍是笑盈盈的，臨上車也是她先瞇細了眼睛回臉笑說：

「再見了！薛！」

「再見！」

他微笑應著。看她吃力的攀車上去，夾在人叢裡像團肉球一樣由人搓擠著，不由感到一陣淒涼，卻不知道是爲了葉茵還是自己。

這以後，他沒有再給葉茵寫信，也盡量避免晚上十一點鐘去開收音機。由同事那裡他學會了一套打坐方法，還買了本書仔細研究，晚飯後便盤起腿眼觀鼻、鼻觀心，摒除一切雜念。可是問題就出在愈是想著不要胡思亂想，愈是容易什麼都想。想起葉茵肥胖笨緩的模樣，他覺得痛苦；想起自己如此對待這麼一個善良的女人，他也痛苦，痛苦啊！薛承銘越坐越想得多，就連平常不去想的問題也一股腦兒勾引了出來。

靜坐練不成，他又實行早睡早起。九點不到上床，翻來覆去，總是十二點半了人還沒睡著。一天夜裡，他實在在床上翻滾得身心憔悴，起身在分租來的小房間裡來回踱了一百多趟，最後他決定坐下來聽聽音樂，鬆弛一下精神。才扭開收音機，正是葉茵那甜美得像拌了蜜糖一樣的聲音：

「您忙了一天，一定十分十分的疲倦了吧？那麼朋友，我爲您放些輕鬆好聽的音樂，希望您能藉著音樂回憶起今天所發生的一切美好事情，也希望您有個更美好的明天……」

薛承銘再也忍耐不住，他要寫信給她，傾訴他的無奈和寂寞。不久，他約她出來，他向自己解釋，這絕不是玩弄感情的把戲，而是他們都很寂寞，彼此做個朋友不是很好嗎？

「你說是不是？」

「當然。」葉茵愉快的笑說：「我們當然是朋友啦！我是絕對相信男女之間有友誼存在的。」

薛承銘雖然不很願意有人看到他和這麼一位體重已過八十公斤的小姐在一起喝咖啡，可是同事間閒聊，他卻又總喜歡說起「夜鶯之聲」的主持人是他的女朋友。同事裡有人知道這麼一個節目，也有不知道的，不過大家還是以爲，憑他能有這樣一個女朋友已經是十分有辦法的事了，只是鬧不明白，為什麼他還總是找著辦公室裡唯一未婚的汪小姐窮搭訕呢？

夏天裡，汪小姐傳出了喜訊。

薛承銘曾經費盡心思想請她看電影、吃飯，可是都被汪小姐婉拒了。就在兩個月前，他還嘻笑的問汪小姐：

「你有沒有男朋友啊？」

汪小姐只是笑，卻不說話。薛承銘又追上句：

「那我毛遂自薦。」

汪小姐仍是吃吃笑著：

「葉茵小姐不是你的女朋友嗎？當心我去告狀。」

「唉！葉茵！唉！我把她當妹妹看待。」

汪小姐身材修長，姿色卻是普通，嚴格的挑剔，她小腿還略有些O字形，穿起裙子實在不怎麼好看。但是她嫁的，卻是個百貨公司小開，有錢得很，喜宴在「國宴飯店」開了一、兩百桌。薛承銘這頓喜酒喝得像給人抹了一鼻子灰，看打扮得花團錦簇的新娘子直抿著嘴朝他笑，好像在說：你也不撒泡尿照照鏡子。

汪小姐結婚後，薛承銘像是陷入了一個更深絕的情緒低落期，做任何事提不起勁，每天唉聲嘆氣，偶爾想起什麼就給葉茵寫封信，通篇牢騷，說他的苦悶，還有對人生的絕望。葉茵不厭其煩的來信安慰他，開導他，在節目裡還提醒所有失意的朋友振作精神，創造更完美的未來。薛承銘突然的有了一項新的領悟，覺得自己和葉茵是天生注定的一對，他面相平常，長得不高，又是五百度的近視眼，葉茵雖然肥胖過分，但是她心地善良，又有那麼好的職業，娶妻娶德，還有啥好挑剔的呢？

薛承銘第一次將話題發展向婚姻的方向，試問葉茵喜歡有幾個孩子，葉茵表現了一瞬的詫異，才笑嘻嘻的說：

「我喜歡小孩愈多愈好。不過家庭計劃還是很重要，兩個恰恰好吧！」

「也是！我們主任有六個孩子，家裡亂轟轟，像戰場一樣。我結婚也只要兩個孩子，只是誰願意嫁給我啊！」

「這麼想結婚啊？」

「結了婚就有人洗衣服啦！」

「那買個洗衣機好了。」

葉茵說著，自己都莫名其妙的紅了臉。薛承銘試探的握住她柔厚篤實的手掌，輕輕搓弄著，她沒有掙脫。

一個半月後，他們結婚了。

新郎倌和新娘子總讓人看著有種不協調的感覺，除了體型的差別，最主要的還是薛承銘一臉的自暴自棄，他逢人便說：

「將就嘛！這年頭什麼都是將將就就的過。」

葉茵雖然大大呵呵，看來沒心沒肺的，可是丈夫的顏色態度還是看得出一、二，忍不住的時候，她也不很確定的撒著嬌問：

「承銘！你會不會嫌我太胖啊？」

「嗯……」薛承銘支支吾吾，等於沒有回答。

怎麼不嫌呢？她買不到現成的衣服，連鞋也要訂做；胖子能睡，幾次薛承銘發現她去洗個澡都在浴缸裡睡著了；坐著看電視，更是沒一會兒功夫便打起呼來，一攤子虛胖肉，堆得滿滿一沙發。尤其他知道了她致胖的主要原因——她好吃甜食、蜜餞、蛋糕，甚至自己做布丁、八寶飯……

「承銘！你要不要吃一點？」她又在開一罐美國原裝的杏子罐頭，那對半切開鮮黃肥大的杏子，平常人大概吃兩片就覺得太甜膩了，葉茵卻有本事一下子吃掉大半罐。

「剛吃過飯，誰吃得下這個。」薛承銘沉著臉說。

「吃一點嘛！」

葉茵特地用了隻玻璃碗盛來，愛嬌的推著丈夫，卻不料薛承銘猛的將碗一推：

「你不怕胖我還怕呢！」

說她胖，這早就已經不是件需要忌諱的事了，就是葉茵自己偶爾也喜歡調侃兩句，說太胖了！要節食！可是丈夫這麼不留情面的態度，還是很叫人受不了的。不過又能怎樣呢？葉茵是不想吵架的，她輕輕的嘀咕著，像在解釋這件事情。

「嗯！也是眞的太胖了。我想，我一定是什麼地方不滿足，沒事就有找著東西吃的欲望，從小吃到大，一定是病態。」說著，她還就著碗又吃了一口，故作輕鬆的：「沒辦法，以後吧！以後要節制一點。」

「以後？」薛承銘幾乎是咆哮的，他一把奪過葉茵手裡的玻璃小碗，用力摜在地上：「什麼以後？要就從現在開始。」

墨綠的塑膠地板上一地濃膩汁液和杏黃果肉，薛承銘憤怒的由上面踩過，留下一攤稀爛，和滿滿含了一嘴杏子不知道怎麼是好的葉茵。

和丈夫幾次勃谿後，葉茵開始逐漸了解丈夫苦悶的原因，她甚至同情丈夫，她要使他快樂。葉茵告訴薛承銘，她們主任決定把「夜鶯之聲」改爲現場播出，也就是以後她每天夜晚不能在家裡陪伴他了。

葉茵晚上不在家裡，薛承銘自然而然的又成了「夜鶯之聲」的忠實聽眾。婚後的葉茵，現在主持節目特別喜歡談些婚姻問題，甚至在節目中介紹她的家庭生活，說些夫婦相處之道，還有他們夫妻間是如何的相互敬愛，有時候，她還在節目裡和丈夫談笑呢！薛承銘倒也欣賞這樣的愛情遊戲。每當夜深人靜時，葉茵躡手躡腳的回家，她喁喁向丈夫細語，幽黑裡，睡夢恍惚的薛承銘對待妻子比在明亮中親愛得多。

可是，她不能只做他的黑夜新娘啊！

「承銘，你看，我試試減肥藥好不好？」

「嗯！」

「廣告說很有效耶！我想吃吃看，也許真有效。我看我是太胖了，太胖對身體不好。」

「嗯！」

薛承銘含糊應著。他是看過一些減肥藥的廣告，兩張對比照片，一張是服藥前的女人，穿著泳裝，大腿胖得簡直和象腿差不多；另一張則是服藥後，顯然是少了許多贅肉，身材也變得苗條豐滿。而且兩張照片間另有標誌證明——「本照片絕對未曾經過任何人工修飾」。另外，他當然也看過服用高單位蛋白質過量有害人體的醫藥報導，想必葉茵自己也看到過的，只是他們誰也不打算討論這樣的問題。

葉茵開始吃減肥藥了，薛承銘雖然沒有親眼看見，可是從她胃口不佳，精神恍惚推斷，她一定正認眞的實行著減肥計畫。兩個月下來，葉茵果然瘦了八、九公斤，只是臉色較從前蒼白得多。爲了表示獎勵，薛承銘帶她出去看了場電影，他對葉茵的減肥計畫愈來愈充滿了信心，他相信只要她再瘦一點，他會永遠的、眞心的愛她。

可是葉茵有她的苦惱，在回家路上，她偎著丈夫，唯唯諾諾的說：

「銘！我昨天在電臺暈倒了。」

「哦？」

「我去看了醫生。」

「怎麼說？」

「說……說我白血球過多，最好不要再吃減肥藥了。」

「哦……」

薛承銘不再說話，他覺得自己總不能逼她去減肥。可是他是眞的很不高興，一連好幾天晚上，他賭氣不回家吃飯，也不和她說話。

「銘！銘！」夜晚有人推他，又是那柔美甜蜜的聲音：「我想，做醫生的總是神經緊張，吃減肥藥也不算什麼，很多人都吃嘛，你說是不是！」

薛承銘仍然不理她，他對她是失望透了，要胖就繼續胖吧！他不要再爲她的肥胖煩惱了。

當葉茵電臺的同事撥電話來公司找薛承銘的時候，他還不清楚究竟發生了什麼事情。

「暈倒？怎麼會暈倒呢？我現在在上班，很忙啊！……醫院？好吧！好吧！我等會兒就來。」

葉茵死於白血球過多。嚥氣的時候她原本豐圓的臉像脫了水一樣乾癟枯皺，一雙大眼因爲瘦而凸睜著，怔怔望著丈夫，她似乎有話要說，也許她想要丈夫再記起她甜美的聲音，可是最後她還是什麼也沒說。

夜晚，薛承銘離開醫院，一輛計程車爲他開了門，他坐進去，司機問他到哪兒？他還能說得清楚。

臺北的深夜並不如想像中那麼熱鬧，關了店鋪的長街一樣是清冷淒涼，就像車上播放的音樂一般。好久，音樂結束後，是一個女人的聲音，好清美甜脆的：

「剛才來電臺的時候，外頭飄了點細雨，一路上燈火朦朧，看到一對對偎在小花傘裡的身影，一下子覺得這個世界實在還是很甜蜜很甜蜜的，雖然傘外面有那麼多的紛爭醜惡，但是小傘裡永遠是溫馨可愛的。朋友！我們都有這樣撐著一把小花傘的經驗，你說是不是……」

淚眼模糊的薛承銘半天才明白過來這是怎麼回事。「夜鶯之聲」並不是現場播出，葉茵每天夜晚去電臺，只爲了錄製第二天的節目。

實驗電影展

「唐凌餐廳」在大廈的地下層，佔地有一百多坪，牆上貼著印金壁紙，地下是紅毛地毯，裝潢有些俗麗，不過地方還算寬敞。世淳捻熄了菸，順手把最後一口咖啡也喝了，這是胖子唐凌給他叫的第三杯。大概是室內空氣不好，再加上菸和咖啡不斷，世淳開始覺得有些頭腦脹疼，所以當胖子唐凌留他吃飯時候，他拒絕了。

「那事情怎麼決定呢？」

胖子唐凌斜著臉睨眼問道，看來是有些不耐煩的意思。世淳一向不喜歡他對誰都趾高氣揚的德性。攤開底牌，誰不知道他是仗著有個開毛紡廠的老頭撐腰？否則憑他一副豬腦，能上哪混？可是現在既然已經互相利用上了，世淳也就只好在情感上將就些，起身拍拍他肩膀道：

「再研究吧！」

「再研究？來不及囉！」

世淳盡量不去看他，免得激起自己想朝他大鼻子鉤上一拳的欲望：

「你是能人，有什麼難事？爲了這次影展成功，萬事費心了。不過我話先說在前頭，拜託找幾個有水準的，你餐廳裡那些會幾個和弦哼哼唱唱的最好免了。找個有基礎的，一點點即興，或是爵士形式的東西，難得了誰？」

談了一下午，末了仍舊留下尾巴，雖然這次的實驗電影展是世淳的電影雜誌和「唐凌餐廳」聯合主辦，但是實際上胖子唐凌除了借出場地和找演奏外，一切策劃和工作都是世淳這邊在做，現在他卻又偏參加意見，說世淳預備在影片放映時請人做即興演奏的構想根本行不通，因爲人才難找，而且曲高和寡不討好觀眾；還說不如找幾個歌手唱唱民謠來得有吸引力。世淳自然不相信整個臺北市會找不出兩個稍有普通音樂修養的演奏者；他也堅持以爲用即興音樂對觀眾應該更具號召，所以一直不肯鬆口，臨走話也說得態度明確。

車子開上中山北路，六、七點鐘正是交通擁擠的巔峰時刻，世淳把著方向盤開開停停，急躁得眼睛直冒火。他猛撳了兩下喇叭，眼看前面已經有了動靜，而阻在他前頭一輛奶白色四五〇賓士卻半天沒有反應。好不容易，大賓士受了警告穩穩駛了出去，世淳卻偏看見它前頭又插進了一輛黃色計程車。

「我操你祖宗十八代，你不急人家可急！」

一踩油門，直想衝上去擦掉大賓士一塊噴漆，讓那闊佬心疼兩個月。可是世淳當然沒有這麼幹，想想別說他的七〇年裕隆老爺車禁不起撞，他的口袋更是禁不起開心。最遲後天，這買不到兩年的二手貨可又要再轉成三手、四手了。雖然價錢還沒議定，不過也絕不能少過三萬，小洪那傢伙，也別打主意抽成了，這可是唯一的財產，最後血本！

近民權路口時，白色賓士換了車道預備右轉，世淳看清楚了那個開車的，是個西裝革履一臉儒雅的豬頭三。他沒有再想操誰，只斜眼看著他亮梭的新車穩穩健健的揚塵而去。

折折騰騰，二十公里不到的距離，居然走了五十分鐘。世淳三步兩步上樓，廚房裡若蓁耳朵尖，人還沒上來，她就已經拔了門子敞開門。

「怎麼這麼晚？我下班回來飯都弄好了。」

「別提了！」四樓蓄熱，夜裡依然暑氣不散，世淳扔下公事箱就一件件的脫得只剩條內褲，「下午我不是打電話給妳，說要去新聞局？結果胖子唐凌又來電話，說找不到即興演奏的，剛才去他那搞到現在。」

「結果呢？」

「他說找幾個歌手唱唱民謠算了。」

「那味道不是差多了?」

「他懂?不說他了，我跟妳說一個人，很 special 。」

「誰?」

世淳跟前跟後，幫著若蓁搬碗筷，話可又從准演證說起。提起准演證，世淳就一肚子怨苦，當初只想藉著實驗電影展轟轟烈烈、驚世駭俗的幹一場，把雜誌的知名度提高，發行得出去，銷售量自然增加，廣告客戶也就源源而來。原以爲找個地方放放八釐米、十六釐米電影，既不收費，又不踰矩，還是藝術活動，何難之有?卻是幾天跑下來，才知道事情不是想像中那般容易，申請一張准演證不比登天難，可是手續的繁瑣，再加上前例難尋，也不是件容易的事。首先十五部片子都得論尺的繳費送審。要求作者提前拿出他們自以爲稀世傑作的作品，就不知費了多少心機、脣舌，取到影片再得一部一部寫出片名、導演、演員、放映時間，還有內容意義——一部十來分鐘的實驗影片，他可能拍的只是一個女人在海邊走來走去，一個男人坐在遠處猛吸香菸罷了!另一部也許演了七、八分鐘，觀眾只看見一個男孩倒著走了七、八分鐘。世淳就搞不清該如何下筆寫它的內容意義，說它正表現了現代人的疏離?

「唉呀！你不是要說一個人嗎？誰啊？」

「是啊！我今天不是又去了嗎？結果還沒有批下來，找人問啊！一個個哼哼啊啊，誰也搞不清楚。後來來了個姓黃的小主管叫黃正函，他倒清楚，說已經送上去了。我便和他聊聊，沒想到他對電影眞是行家，談起實驗電影可以從二〇年代美國初期的實驗電影說起，一部部如數家珍。妳猜怎樣？他說他在紐約大學修的就是電影學位。」

「多大年紀？」若蓁隨口順著世淳的話抱怨：「搞電影的窩在辦公室幹什麼？」

「我也這麼說啊！三十七、八，四十不到的樣子。不過那傢伙看起來就不景氣，小個頭戴副黑框眼鏡，蔫得要發霉似的，不過人倒很好。所以我有個念頭，也許，也許可以藉這次的影展把這個人哄起來……」

若蓁撥著自己碗裡的飯粒子，像是聽得出神，其實她想的根本不在這上頭。現在世淳根本是自顧不暇，哪還有力氣管別人？他出道三年，在廣告公司做過一陣策劃，拍過ＣＦ，也給外製的電視節目搞過策劃工作，若是換個男人，可以算是事業有成了，可是世淳說來卻是爲人作嫁，毫無前途可言。於是去年開始，世淳自己籌組出版社，先是搞了幾期以成人爲對象的漫畫雜誌，結果自然臺灣的市場不比日本，銷路奇慘。現在又出版了一份學術和商業並容的電影雜誌，談賣座的大白鯊，也介紹一些電影大師的冷門片子。看來情況似乎還好，於是世淳又興起搞些活動促銷，第一樁就是這次的實驗電影展。起先還說花不了多少錢，只要些零碎費用，可是眞做了，卻像個無底洞，鈔票一塡再塡，中午還打電話來說車子要賣了。若蓁眞有些心寒，可是世淳卻一興奮就信心十足的說——看著好了！有一天我的雜誌不能比Life、PlayBoy那種企業作風，可是一樣可以拓展開來出多種雜誌，甚至像「繽繽」一樣拍電影、搞餐廳、作投資……

「唉！」夜裡躺在床上，若蓁不覺嘆了口氣：「存的一點錢可給你搞光了，我們到底要不要結婚啊？」

「當然要啊！」世淳眼裡游了一絲由窗簾縫滲進來的亮光，看來就像白日裡一樣亮梭：

「等雜誌社有起色，我有了自己的事業，有被認可的地位，我們當然要結婚的。」

「被認可的地位？喔！有地位，你家裡就不反對了？」若蓁是不信的。

「結婚是我自己的事，反對什麼？只要我有……」

若蓁在黑裡嘿嘿笑了兩聲：

「你怎麼這麼勢利？有事業有地位？狗屁！我說結婚就是結婚，人家兩袖空空不一樣結婚？」

「我不是人家，三十而立，什麼叫立？你立不起來誰看得起你？算了，女人一輩子也搞不懂這道理。」

「還有道理呢！我不懂！我是不懂！」

若蓁假意賭氣閃過一邊去，世淳卻又膩上來將她攬在懷裡，吻著她一頭細柔的短頭髮低語：

「不要這樣嘛！我們要認眞，要努力啊！要好好做自己的事對不？」

「我有好好做事啊！」若蓁抵不過世淳的溫存，嬌痴的咬著下脣細應。

「我知道！在廣告界提起陳若蓁的文案，誰不知道呢？我是說我們還要努力，眼光要放遠，我們要互相安慰。」

世淳說著，一把摟緊懷裡圓潤的身軀，認眞的要安慰若蓁。一種滿足的感覺由他心底膨脹開來，使他激動不已。但是若蓁卻有些反常，硬是發急的推拒：

「幹什麼？明天還要上班，早點睡了。」

世淳卻不以爲意，反而翻身上來。他有欲念，也高興自己還有欲念，起碼這一點可以證明他還不曾全然僵死，他還能夠愛，能夠眞誠的愛，這就是生命的意義。他親吻他愛的女人，撫愛他愛的女人……

可是若蓁則顯得爲難，她試著掙扎，最後不得不說：

「不行哪！我沒吃藥。」

「為什麼？」世淳幾乎是憤怒的，他要愛她呀！「不是天天吃嗎？」

「你……」若蓁推開了那堅實男人的身子，鬆口大氣，可是又覺得殘忍，回身再憐愛的伸手來回撫愛著世淳板緊了的臉頰！「我前天就要跟你說了，我聽公司的人說，避孕藥吃多了容易不孕。」

世淳緘默著，這樣的理由他沒反駁餘地，可是他實在不能原諒若蓁怎麼選了這時候和他談這樣的問題。

「生氣啦？」

若蓁討好的去推他，世淳卻不領情，一樁避孕問題不知道已經折騰了多少時日，試來選去，好不容易推定了方便、或然率高的口服藥丸，現在怎麼又興起不孕？聽也沒聽說過：「那你說怎麼辦？」

「你這人，眞是不講理！」若蓁先還希望自己說的有若開玩笑，可是話一出口，卻含了滿腔的委屈：「你不要孩子，我還想要呢！」

「現在？現在這情形能要孩子嗎？」

「誰說現在了？其實你怕什麼？生了孩子我一樣自己養。」

一提錢，世淳聽著就不能不往狹處想，到底這一年多他就沒遞給若蓁一塊錢，最近更變本加厲，將她最後一點郵局的存款也挖空了。雖然心底明白若蓁不是那意思，可是人卻已經霍的跳下床瞪眼了。這一招若蓁倒嚇了一跳，不過卻也更叫她覺得心寒，掀了毛巾毯，人也坐了起來：

「你要幹嘛？我還怕你？我就算生了孩子也不用你費一點心，大不了我讓他跟我一起姓陳，反正你們家就沒人看得我順眼。」

「妳！莫名其妙！」

「你才莫名其妙！」若蓁說著冷冷一笑：「倒忘了告訴你！你媽打過電話來，我說你不在，她啪的就把電話掛斷了。我希望她以後不要再打電話到我這兒來要人，每次都以爲我這兒是妓女院似的——『叫世淳聽電話』，要知道我也是有人格尊嚴的，在外頭做事這麼久，還沒給誰這麼作踐過！」

「哎呀！」這回世淳眞不耐煩了，甩門就往客廳走：「要說妳自己說去。」

「你這是幹什麼？」若蓁瞪圓了眼睛，跳腳跟了出去：「梁世淳！要走你就走好了，可沒誰拖住你，反正我們又沒結婚，你愛什麼時候走就什麼時候走，免得你媽總來找著我要人。要搞清楚，我姓我的陳，和你們梁家一點關係也沒有，這房子租約寫的還是我的名字，你不走我可以叫警察攆你走！」

「妳自己聽聽，這說的是什麼話？」

「什麼話？老實話！」

世淳青了臉，坐在沙發裡咬牙生悶氣。若蓁罵完了眼眶一溼，也覺得自己歇斯底里，轉身回房倒頭就躺，蒙著臉一陣嚎哭。愈哭愈覺得自己不值得，好好的小姐與人同居，若真成了未出嫁的媽媽，在臺北她了無牽掛，只是怎麼回南部家裡呢？想著想著，禍首當然是世淳，男人嘛！永遠是自私的個人主義者。這次，若蓁覺得自己是眞的心死如灰了。

雜誌社的辦公室設在興隆路上，遠些，可是因爲還有個二房東，房租便宜得多。十來坪地方，除了桌椅、鐵櫃，什麼設備都省了，好在請的兩個編輯和業務代表小林都是能同甘共苦的。三十五度室溫就指望著隻老電扇，大家嘴裡咒罵，工作可照樣沒停。世淳因爲若蓁賭氣不理他，一早就到社裡上班，先看了下一期雜誌的完稿，交代要加強圖片，然後陪著小林跑了兩家廣告公司套交情，做公共關係。

再回到社裡，居然已經過了中午，忙打電話到若蓁公司，想著講兩句賠小心的話也就沒事了，卻不料總機一接電話便說陳小姐請假回南部去了。世淳不信，又撥回住處，電話鈴一聲催過一聲空洞洞的，他這才死了心放下話筒。

一時也不知道該怎麼辦，發了會兒愣，覺得心慌慌的，倒想找人出頓脾氣，放眼看看，可也沒有誰是受他氣的。好不容易才又想起早上和小洪約好兩點半，拎起襯衣，世淳話也懶得多說，推門便逕自去了。

買車的是三十開外的一個小講師，講話細聲細氣，簡直有些偏向陰性，總翹起小指弄著咖啡杯，說市區裡停車場難找，又嫌車子年分太舊，但是卻始終沒有退卻的意思。等到議價，小講師更是聲細卻意堅，最後世淳讓了步，兩萬五成交。

一切爭戰結束，小講師才狀似悠閒的敬了世淳一枝菸問道：

「聽說梁先生的雜誌社要辦實驗電影展？片源都沒問題了吧？」

「是的。」

「我偶爾也寫寫影評，去年還開過一年『電影哲學』的課，對電影談不上研究，可也算有興趣。中國電影藝術就是需要實驗電影的推動才會有新創意，我佩服梁先生做事的魄力，如果有效勞的地方，不必客氣，我是極樂意和年輕朋友討論電影藝術的。」

「是的，是的，您多指教。」

走的時候，小洪和世淳一路。世淳隨手一扔小講師的名片，便說：

「這傢伙，我現在想起來了，我看過他的影評，眞破啊，把劇情講一遍，什麼也沒看見就敢評了，還指望我請他來講演？我花了多少財力、人力，由他名利雙收？我操……還有那個價錢，不是我急著錢用，孫子才肯這價錢賣輛會跑的車子給他。」

「你活該啊！誰叫你自己先鬆了口的？」

「算了，我也認了，事情做起來，哪一樣不要現金？報紙廣告，媒體回扣，大小開支，找個人起碼就是一餐飯，你還能開期票給他？」

世淳抱怨得痛快，車也衝得飛快，小洪隨著叮噹價響的車身左搖右晃，態度卻冷靜異常。

「嘿！嘿！瘦梁！我也是不要期票的唷！說眞的，憑咱們交情，我看一成也免了，你就給我兩千意思意思算了。」

世淳一抬眼，原來想在鏡子裡看看小洪心狠手辣的嘴臉，卻不料正和自己瞪了個正著，他眞難以相信那就是自己，瘦削臉，陰鎖著眉頭，愈瞧愈覺得可憎！

送走小洪，已是黃昏時候，車子開進民生東路，正朝著回家方向。

給世淳開門的，是這兩年才換的金嫂。她來的時候，世淳正爲了若蓁及事業選擇和家裡鬧得不愉快搬了出去，所以金嫂對世淳也挺不習慣，每次見他來雖然殷勤倒水遞茶，可是看他到處亂躺隨手扯東西，又總覺得心底犯嘀咕，簡直不知道該把他當家裡人還是當客人看才好。

「都不在？」世淳四處張望，隨口問著。

「太太和先生一道上機場去送飛機，說回來吃飯的。」

「哦！世彤呢？」

「小姐考上夜間部，開學啦！」

金嫂說著就笑，露出一口閃閃金牙，像是笑世淳連世彤去唸大學夜間部都不知道，虧得還是自己家裡。世淳也知道這金嫂一定是聽了不少她母親對他的抱怨，所以更覺得沒趣，撇開她四處走著。這房子是他搬出去後才買的，雖然客房有兩間，卻沒有他的臥室，世淳回來總覺得找不到安身地方，他隨手開了落地窗到陽臺上去站著，半個臺北市就在眼下，灰灰樸樸，一切熙攘若是像現在遠了距離瞧，還眞渺渺茫茫呢！可是誰又眞看得破？……

梁先生進門時，先看到了兒子，卻偏偏背過重緩、肥胖的身子，裝著沒瞧見，世淳叫他，正好梁太太進來，劈頭便說：

「你眞是稀客啊！」

當著金嫂，世淳覺得掛不住，可是也不好說話，只能沉下臉坐到飯廳叫開飯。金嫂不敢怠慢，忙忙將幾隻菜色端了又添飯。等梁先生和太太換了家常衣裳出來，三個人拈著筷子就沒人開口。最後還是世淳先低了聲氣：

「又去送誰啊？」

「余家老二出國。」梁太太原就沒好氣，想著余家兒子出國就更是遺憾，下一句口氣就更重了：「去美國唸書。」

「那也要送？」世淳是沒話找著話來說。

「你要肯出去，人家還不是一樣要送？」

「省了吧！愛出去的出去，我是不稀罕他送。」

「講話就是彆扭！」梁先生不快的一瞪眼：「一點人情世故不懂，怎麼在外面做事？」

「我在外頭不是做得很好麼！」世淳不想吵架，只得討好：「星期六社裡辦了個活動，放些自己拍的實驗電影，爸媽要不要一起去看看？」

「誰要看那個？」

梁太太很不以為然的，倒是梁先生還關心，問了一句：

「花錢辦些活動有用嗎？」

「促銷嘛！提高雜誌聲譽，有了名氣自然銷得出去，根據我的市場調查，對實驗電影有興趣的，大有人在，到時候絕不會冷場。這是廣告時代嘛！不施廣告手段怎麼做生意？」

「哦，你現在也是做生意啊！怎麼一個子兒也沒看見你賺到呢？」梁太太說起來就有氣：「出去唸書你不去，幫你爸爸做貿易你不肯，偏不知道成天忙些什麼亂七八糟的事！」

「媽！我可也是正正經經的創業，每天忙得要命，還不是希望做得有頭有臉，怎麼能說……」

「是，你是忙，忙得一、兩個禮拜也不知道回家看看，你老爸爸老媽媽死了也沒人知道。算了！你忙什麼？不要以爲我們不知道，你和陳若蓁住在一起，同居了是不是？」

世淳原來要說的話，一口被梁太太咬斷了，也就不願再往下言語。又聽梁先生嘆道：「這話傳出去多不好，又不是反對你們結婚。」

「我是反對！」梁太太說：「世淳！你要知道，我不是那種不明事理的母親，也不會嫌貧愛富。可是那個陳若蓁我就是看不慣，怎麼走到哪都隨隨便便？你父親過生日那天，家裡來那麼多客人，還有記者照相，她就趿雙拖鞋穿條牛仔褲來啦？連頭髮都還沒吹乾，一路直滴水，這是哪一國的規矩啊？」

「哎！說了多少次了？那天早上我們去游泳，要說多少次嘛？」

「偏選你爸爸作壽的日子去游泳，還有，你們兩個同年，女人總要比男人小幾歲才好，我不贊成！」

一頓飯吃得世淳味同嚼蠟，好不容易挨到九點，梁太太問他是不是在家裡睡？世淳覺得母親口氣有些挑釁，也就勉強留下了。只是夜裡偏又怎麼也睡不著，想著該給若蓁去封長信，找來了紙張卻是無從下筆，千頭萬緒的，早已經不是當年戀愛時候，洋洋灑灑三兩千字只爲了寫一個感覺。而現在，他是千萬種感慨，卻沒有一個貼切的字眼可以抒情。

依著黃正函名片上的地址，世淳坐著胖子唐凌的小車在脾腹路一帶走街穿巷好一陣工夫，才在巷弄裡的小巷弄找到了那排水泥磚瓦小平房。黃家是最末一戶，揿了門鈴先傳出狗吠和女人的阻喝，開門的主婦三十上下，略胖倒也和氣，好奇的問他們找誰？

「請問黃正函先生是不是住在這裡？」

「哦！是！」女人笑著敞了門讓他們進來：「他去買東西，馬上回來，坐一下吧！」

水泥地客廳裡光線不夠好，顯得一屋子零碎家具也灰舊寒傖，尤其是世淳坐的塑膠面沙發，裡頭彈簧折了幾處，紗布和稻草都露了出來，扎得人很難坐安穩。

女人倒茶來的時候，世淳寒暄了兩句，確定了她是黃太太。胖子唐凌卻一言不發，連水也沒喝一口。世淳當然知道，他是根本反對影展後再加什麼討論會的，更何況要一個無名之士主持，不過世淳一再堅持，胖子唐凌只好鬆口說要先見見這位黃正函。顯然的，這一面雖然還沒見著，胖子唐凌瞧著眼下看見的，已經對人打了折扣。

黃正函的出場，就世淳計畫的第一步——說服胖子唐凌——來說，是十分失利的。他穿著汗衫著條短褲，一手拎了一塑膠袋的雞蛋，一手牽著三歲的孩子回來了。雖然世淳也安慰自己，誰在家裡會穿得整整齊齊的呢？不過他到底還是後悔爲什麼不約在外頭晤談，而硬要做什麼禮貌拜訪，攪得大家難堪。

黃正函對世淳他們的來訪十分驚異，尤其聽說世淳邀他主持影展後的討論會，他看了坐在遠處逗孩子玩的胖妻一眼，瞇眼懶懶笑著搖頭：

「算囉！我早已經是過了氣的人，現在是你們年輕人的天下；我這種人又何必呢？犯不上，是不是？」

「黃先生，我是有一句說一句的人，我所以這麼做，實在是不願意你這種人才被埋沒了。臺灣那麼多搞電影的，有幾個是眞才實學？你比我清楚。可是他們都有片子一部接一部的拍，你就甘心坐辦公室？這年頭大家崇拜權威，你黃先生是權威，可是誰知道？我們就推銷得讓大家知道……當然，你的成功對我的雜誌社也有幫助，這一點我也不必諱言，所以……」

「是！是！我知道。」

黃正函仍然不以爲然的笑著，笑得世淳也覺得氣餒，正預備再言語，卻被黃正函打住了，原來黃正函也是個開了話匣子便不容易收攏的人。所有的都從頭說起，說憑他一個外國學生在美國唸電影是如何的昂貴不易；說他當初是如何的對電影痴迷心醉；說他剛回國時候又是如何力求振作，結果卻是辦雜誌不成，開個展未遂，和電影圈接頭更是給搞得一頭霧水，其實說來也沒什麼好奇怪、好抱怨的，幾百萬的資本，誰肯貿貿然就爲了你有個學位，便放手給你拍了呢？搞到最後，就連可以開課的大學也找不到一所，電視公司待了一陣，後來……他一攤手：

「後來就是現在，混飯吃吧，好在我也看破了，爭什麼呢？」

「當然要爭啦！」世淳奮力的爲黃正函打著氣，他不希望這傢伙的綿軟個性毀了他的決定：「人活著就是一口氣。你缺的就是時運，只要有了機運，爲什麼不爭呢？抱負！人總是有抱負，有理想的吧？」

世淳沒有完全的說服正函，不過他答應考慮。出了黃家，一路上世淳沒開口，胖子唐凌也沉默得出奇，只猛吸著菸駕車。世淳也是橫了心，告訴自己用不著在乎胖子的意見，大不了拆夥就是，而且諒來胖子也不至於甘願如此。出了公館，最後還是胖子唐凌先開了口：

「我看你瘦粱這次是看走了眼，姓黃的看來不怎麼樣喲！」

世淳以鼻音笑笑，也不表示意見，只聽胖子唐凌舒口氣，一隻大手在擋風玻璃下頭尋著菸盒：

「你倒說說，幫他站住腳你有什麼好處？」

「很難說，也許並沒有好處。」世淳表情調侃的：「說了也許你不信，可是我確實算計到了。黃正函有了知名度，爲我的雜誌寫稿，這是唯一的好處，可是他不寫誰又管得了他。所以說，有好處也只是他自己的，我只是看他這麼奄奄欲死的，看得難過，我覺得他不應該就這樣完了。」

「你是苦渡世人，那看看我有什麼好處呢？」

「你更沒有什麼好處了。」

「說的是！」胖子唐凌呵呵笑了起來，笑完了卻正經的說：「即興演奏換成民謠演唱，對我的餐廳有好處。所以，我對黃正函和討論會不過問，你也不要管音效的事，你看怎麼樣？」

黃正函終於同意了主持實驗電影展的討論會，世淳並不以爲意外，只是高興他的抉擇。忙著通知印刷廠在海報上加印黃正函簡歷和討論會字樣，又邀請所有影片作者列席講解製作過程，算是活動的陪襯。

黃正函的表現也算積極，他整理資料，準備講稿，也主動的和世淳保持聯絡，討論當天會場的細節。但是世淳感覺得出來，他多少仍有疑惑，除了對世淳的不信任外，甚至對自己也無自信。其實世淳自己又何嘗不覺得疑惑？一天十六小時的工作，勞力、心力、財力流水一樣的投進去，所求的卻仍是項未知的結果，連有什麼確切的好處他也不知道，而且聽來甚至有些瘋狂。世淳對自己搖頭，夜裡想著若蓁，也詛咒自己不是安分的人，可是當太陽照耀著的白天裡，世淳卻又什麼都不想，什麼事都只管做，一樁忙過一樁，他不相信自己努力去做，去爭的全都是錯誤。

准演證批下來的第二天，印刷廠才姍姍的把海報送來，已經比預訂日期晚了一個星期。海報印的是全幅黑白照片——一個年輕男人正舉著一架十六釐米攝影機，眼睛貼向展孔。世淳嫌它尺寸和原來藍圖不對，放大照片的微粒也太粗，尤其是後來再加的討論會字體比例太小。但是嫌歸嫌，缺點都是無可補救的，只好將就分到鬧區去張貼。世淳自己也抱了一部分，送到幾處有熟人的餐廳和大專院校。

實驗電影展的報紙廣告，世淳是指定了要在影展前三天見報，連續三天刊到影展當天，可是星期四的早上翻開報紙，卻什麼也沒有，世淳抓了電話就去找搞媒體的羅大頭。

「你看看！大頭！你給我辦的什麼事？不是說今天見報？你要看著我的影展垮臺是不是？」

「嘿！嘿！」那頭卻笑得沒事人一樣：「抱歉啦！抱歉！我去說啦！可是，可是排不上嘛！我……」

世淳橫了心，再請他出來吃飯，低聲下氣，好話說盡，好處也許了，只求關係做到，明天影展的廣告稿一定見報。

「瘦梁！你的事我還會不放在心上？你說的好像我沒盡力似的。唉！我再跑啦，我想明天一定沒問題了，放心睡覺吧！你小子一個禮拜不見，眼眶都窪下去了一圈。」

世淳哪眞有好覺睡？第二天總算在報頭下找到了影展的廣告，這才算放了一半的心。

下午，世淳會同唐凌，兩人動用了幾層交情，請了三家報紙的影劇記者吃飯，算不上記者招待會，可是也是一樣的道理。世淳分了資料，先是鼓吹電影藝術，又是電影文化，說明實驗電影在國外受重視的地位，再談他們的雜誌談論電影立場如何純正，又講述這次實驗電影對未來中國電影的深刻意義。

在場的兩位男記者表情老練，對世淳的說明根本無動於衷；倒是一位看似剛出道的尹小姐，表現的十分動容，捏著筆拚命筆記，還不時發出讚嘆和疑問。

「哇！這眞是令人興奮的活動，以前好像很少見過嘛！請問梁先生！你們這次展出的影片，是有聲還是無聲呢？從前我看的一些婚禮、郊遊的紀錄片，好像都是無聲的。」

「是！這次參展，十六釐米都是有聲，八釐米少部分塗磁錄音了，大部份還是無聲影片。不過，我們這次影展除了視覺藝術之外，也兼顧了聽覺效果，到時候現場會有配合影片的演奏。」

「是民謠演唱，」胖子唐凌迫不及待的插進話來：「我們請了四位民歌手到現場演唱。」

「啊！這眞是一次視覺藝術和聽覺藝術的大結合。」

「是呀！我們的目標也正是如此。」

尹小姐也問了些參展影片的作者資料；世淳又全力推崇黃正函，說他歸國幾年，對電影藝術依舊滿懷熱忱，唯有如此的人才，才能爲中國電影帶來新氣象。

送走記者，世淳也不看胖子唐凌遞給他的歌手名單，只問道：

「他們什麼時候看片子？」

「看片子？你是說要他們準備節目挑曲子啊？免了吧！要湊齊了有這麼簡單？到時候他們愛唱什麼由他們去了，反正不至於銀幕上死人，他下面唱『Happy Day』。」

世淳一皺眉頭，甩開凳子就往外走，他已經沒有力氣吵架了。只聽胖子唐凌的聲音卻仍跟在後頭：

「歌手的車馬費我們是一人一半，明天不要忘了！可是當場支的喲！」

晚上，世淳一個人留在雜誌社整理器材，沒有人聲，也沒有電話，只有樓下馬路上呼嘯來往的車輛聲音。影片、放映機、銀幕……都清點捆綁好，明早小林他們只要提了過去就可以安裝。一切就緒，世淳想著該打電話和黃正函連絡，卻又怎麼也打不起精神，一接通了線，話就不是三兩句說得完了。他搖搖頭，點上香菸吸著，還是不打了吧！

一直以為若蓁會在影展前趕回來的，卻是至今還沒見人影，世淳不免有些不安，考慮著是不是明天事一完就乘車南下呢？他嘆口氣，腦子裡一片混亂，可是明天南下是已經決定了的。

夜晚世淳睡在辦公室裡，半夜裡彷彿聽到有人敲門，可是朦朧中又不確定。直到有女人的聲音喚他，世淳猛然驚醒了開門，卻眞是若蓁拎了隻大旅行袋，蓬頭散髮，風塵僕僕的：

「回去沒看到人，到這裡來看看。」

若蓁若無其事的進來，把門替他扣上，也不去看世淳，自顧找了把椅子坐下：

「回南部剛好相了個親，男方是中學教員，老老實實的，我媽說老實人可靠……」

話還沒說完，人已經給撲倒在地上，若蓁掙扎不了，任著又揉又擠，只聽世淳喘著大氣問：

「那妳回來幹嘛？不要回來了！」

「想你嘛！」

思念是抗拒不了的，雖然若蓁一再強求自己留在家裡，起碼等到世淳南下來接她。可是數著日子，影展愈近，她也愈覺得心焦，她是那麼的放心不下，她相信自己若是待在臺北，對世淳到底是一份支援力量。

母親也不留她了，只重複的說：

「阿蓁！妳這孩子向來不聽話，不過有一句妳要記住，女孩子就是女孩子，比不得男人，千萬不能走錯一步啊！我現在也管不了妳了，如果眞喜歡那位梁先生，就結婚算了，年紀也不小了呀！」

結婚由母親說來，就和吃飯一般容易，可是偏偏世淳不這麼想。若蓁嘴裡贊成世淳，心裡卻又不免念著母親的話，這就是她的難處，只是誰又體恤她呢？房裡熄了燈，荒黑得就像剛才坐在夜車上往外頭張望的世界一樣。只是現在有人摟著、抱著，就不再那麼空落。若蓁喃喃的喚著世淳，這時候是再也顧不了母親的言語了！

實驗電影展是星期六的下午兩點。早上世淳起個大早，下樓買了三份報紙，仔細都翻了，卻只有一份的影劇版上發了條不滿百字的小新聞；至於那位尹小姐的報紙，版面上就都是電影劇照，關於實驗電影展的消息，連一個字也找不出來。

九點不到，胖子唐凌來了電話，抱怨尹小姐不夠意思。世淳懶懶的，算是替她辯白：

「也許稿子寫了，排不上吧！」

「算了，不管這個。瘦梁！我和你商量件事，昨天晚上我餐廳的王經理盤算了又盤算，說餐廳裡一天不做生意，尤其是星期六，損失太大了！何不……這樣好了！我也不讓你吃虧，生意我做我的，歌手支的錢你也不用管了。你看……？」

世淳聽著頭頂冒煙，天下居然有這等人，也不等他說完就拍桌子罵道：

「他媽的！當初是怎麼說？現在你又耍花樣，我警告你胖子！這次活動是非營業性，我話已經說了，你死要錢，我還要臉呢！」

「你！你這話是怎麼說的？……」

「就這麼說。胖子我告訴你，你再出花樣，老子今天豁出去，大不了電影不放了，信不信由你。」

世淳虎虎的掛上電話，便尋了鞋要去會場坐鎮，免得胖子唐凌再出點子，他的人招架不住。若蓁也早起來了，看世淳的樣子，就不去惹他。等世淳問她要不要一起走？若蓁才搖搖頭：

「我下午再去。」

世淳開了門，卻又折回來說道：

「不要愁眉苦臉的嘛！」

「誰愁眉苦臉了？」

若蓁握住門鈕送他出去，世淳看她笑得牽強，也覺得不是味道。雖然他是不相信有那麼湊巧的事，一次沒吃藥就會懷了孩子？可是就算沒有孩子，結婚與否？問題可仍然存在啊！

世淳請所有工作人員在「唐凌餐廳」對面的小館吃中飯。胖子唐凌為了早上的事很不痛快，所以沒跟去，只說叫簽他的帳。世淳也沒理會，逕自付了錢，他是發誓再也不跟這號人物打交道，做人做到了叫人噁心的地步，也未免是太絕了！

一點半時候，開始有人陸續進場，入口處挨著一排整整貼了十二張海報，再加上地上簇擁的小花籃，場面倒也顯得熱鬧。會場是將餐廳裡所有桌面撤去，以演唱的小舞臺為中心，圍著排滿座椅，等人上了八成左右，情況算是穩定住了，唐凌臉上才有了笑意。世淳雖然也算是換過一口氣來，可是到底這才是開始。他立在邊角看人叢一批批湧進，有人好奇的問什麼是實驗電影？有人哄笑說就是不要錢的電影。也有人說是路過進來看看，也有人神情不屑的進來，和同伴說看他們搞些什麼名堂？可也有那種捧本筆記簿進來，嚴肅正經的和人討論什麼是電影藝術的人。

黃正函穿著一身海青色西裝獨個兒進來。世淳對穿著談不上講究，可是對料子的質感、式樣、顏色，還是在意，他是極不願意在某些場合失了儀態的。可是黃正函卻好像從來沒有這種顧慮，連他特選的顏色都偏是最惹人嫌，看來最廉價的。世淳看著替他不舒服，可也不好說什麼，只問：

「太太沒來？」

「小孩不舒服，來不了！」

匆匆看了黃正函準備的講稿和資料卡，可都比他的衣著、丰采令人滿意。兩點正，世淳接過麥克風，穩穩的開了場，並且介紹黃正函，卻是黃正函一上場偏偏罩不住，也不知道問題是出在他長相衣著不討好？還是本來生就沒有服眾的本事，只聽他的「什麼是實驗電影？」才說了三分之一，透過麥克風的聲音就被下面的喧嚷蓋過了！幾乎沒有人注意他嗡嗡的唸道：什麼實驗電影是自我表達的工具……每一部影片都在表現一個含義深遠的主題……

世淳站在下頭，看他彆扭拘泥的樣子，也替他發急，想著反應不好，不如示意他早早結束講演吧！卻偏瞥見胖子唐凌挺著肚子神情鄙視的立在遠處吐煙圈，世淳一横心也由著他去了，自己踱到後邊交代準備上片子。

等燈全暗下來銀幕開始亮出畫面，情況才受到控制，人聲和騷動減少了。世淳站在牆角，幾乎是看不到銀幕的，只能聽到一個女聲緩緩唱著西洋歌曲 Blown in the Wind，他懷疑是不是配合了畫面？可是看觀眾無甚反應，也就懶得再追究。

有人拉扯了他一把，是若蓁，穿的還是昨天的薄紗棗紅印度衫和白色細麻長褲。

「來了多久？」世淳隨口問著。

「黃正函演講時候就來了，人不少嘛！」

世淳蠕蠕嘴也沒再說什麼。兩人心底都明白，人多可並不表示影展成功，雜誌已經銷了。只是誰也不去說破，任著凝重氣氛一層一層的在心底加深，倒顯得整個熱鬧場面和他們兩人是絕了緣一般。

影片放映到第八、九部的時候，觀眾開始不耐煩的有流動現象。往外走的一個穿牛仔褲和印著英文字恤衫的男孩說：

「不知道在演什麼？一個人抓著電話筒說了十分鐘，只看到一下拍嘴動，一下拍眼動，一下拍鼻子動，就是不知說什麼。」

「唱歌的在唱『Silence is Golden』。」女的也差不多打扮，笑說。

兩人嘻嘻哈哈走了出去，若蓁望著世淳聳聳肩，世淳摟摟她腰，也不知道是安慰若蓁還是自己，說：

「總有一半是看得懂的劇情片。」

一個戴金絲眼鏡的男人從人叢裡出來，走向世淳：

「人眞多啊，我是受不了。」

「是！」世淳聽他張口，聲音細軟非常，這才想起這是他老爺車的新主子，想來車子一定就停在門口不遠！

「剛才沒看見你。」

「人多嘛！我也來得晚。」小講師說著推推眼鏡，因爲是新配的平光鏡，所以還沒戴習慣：「怎麼都是些年輕孩子呢？其實啊！臺北辦文化活動就是這樣，看舞展的是這些人，看畫展、影展的也是這些人。等明天去，音樂會可又也還是這幫人。說洩氣了，實在就沒什麼搞頭。」

世淳半天沒言語，小講師也就知趣的走了。其實世淳倒沒有不高興的意思，只是覺得若是黃正函有小講師一半的機靈，一半的知道什麼時候說什麼話，可早就成了文化圈裡的奇葩了。

「你爸爸！」

若蓁戳著他指樓梯入口，果然是梁先生陪著太太盛裝站在遠處。世淳過去請他們進來，梁太太踱著腳張望了一會兒說：

「這麼多人，是看什麼啊？算了！我是不進去。」

梁先生皺著眉頭，也不理會太太，逕自往裡走。世淳示意若蓁跟著去幫著找位子，自己陪媽媽說不到兩句閒話，小林找他過去，說有姓陳的、姓王的來要回影片，不肯參加這次影展了。

「陳利國和王……王？爲什麼？」

世淳記得那兩個傢伙，電影科畢業，一天到晚嚷著要去ＵＣＬＡ。是個朋友介紹參展的。

「說他們剛才看的片子水準都太低，不願自貶身價的意思。」

「我操……」世淳站住腳，立在人群裡聽到有人罵他擋眼，他不理會，只咆哮的揮手和小林說：「還給他！還給他！別讓我再見到那兩個小子。」

影片少了兩部，放映部分勢必馬上得結束。世淳找到黃正函，要他準備上去主持討論會。

黃正函搖著頭向世淳嘟噥，看來剛才已經漏了他的元氣。世淳這時候什麼也不想說，推他上去，自己也站上了小舞臺。放映一結束，世淳馬上介紹每一部影片攝製的作者，可是仍留不住離席的群眾。臺上打著哈哈，臺下一片熙攘，情況比拍賣市場還糟。世淳只假裝什麼也不在意，熱著臉往下請人。

觀眾席差不多走了半數，場面才冷靜了下來，只是偏又太過冷靜，臺下根本是毫無反應。黃正函捏著麥克風筒眞不知如何是好，只會傻著眼笑，再不就追一句：

「希望能聽聽各位對這次『實驗電影展』的意見，和批評。」

世淳看著不行，忙推動自己人發言，要求影片作者講講製作過程，還有拍攝八釐米、十六釐米可能遭遇的困難，這才將情況推動了一些，陸續也有觀眾起立發言，問些電影拍攝的技術問題；和黃正函爲「實驗電影」的正名問題爭辯一番；也有人對這次影展稱讚備至，再提出個人以爲改進的意見，譬如現場人數過多，應改在小劇場形式的地方舉行；還有唱西洋歌曲是不必要之舉，作者既然認定了默片形式，又何不就保持原樣……

一切進展總算是上了預期的軌道，世淳也幫著錄音、記錄，預備在雜誌的下一期刊登今天的「盛況」。現在他是什麼也不去想，只求早早結束了，他要好好的休息。

卻就在世淳覺得鬆懈的時候，一個體型粗壯的男人站起來發言。看上去也不過二十六、七歲，頭髮鬆亂幾乎有若衝冠之勢，是一種過長未理的平頭；兩眼出奇酣懶無神，但說話卻咄咄逼人，彷彿囊括了一切正義在胸襟。三兩句先認定了這次影展是純商業性活動，並無任何藝術價值，不希望主辦者以藝術幌子招搖，並且提出一些建議：

「實驗電影本質上就該是試探的、有創意、非商業性的電影製作，這種藝術形態不應該和任何商業活動混雜，使觀眾有所誤會；更不該選在這種奢靡、浮華的地方舉行。其次以西洋流行音樂配音，更是幼稚可笑破壞格調。還有影片選擇，既然稱爲『影展』，總要展出夠水準、有分量的作品。若是濫竽充數，述說這就是中國的前衛電影，實驗佳作，一部部影片都深刻的表達了作者的自我，要以目前這種水準刺激批評，以求更進一步有創意的電影問世，那眞是欺人之談。總之，我希望下回再有類似的活動，能有較圓滿的策劃，主辦人能本著藝術良心，爲推動中國電影藝術，健全電影文化而努力，而不是光做些沽名釣譽的勾當……」

男子正色激動的說完，便以滿不在乎的姿態落坐。臺上黃正函瞠目結舌，半天才嚶嚶的說著：

「這位先生說的雖有道理，可是與事實偏差太大，這次影展……」

事實上早已經沒有人關心臺上的辯解，大家紛紛耳語，各有意見，但疑惑成了一股主力，推動得全場微起混亂。世淳立在角落，幾乎沒有人注意到他，可是他知道臺上的黃正函等他解圍，胖子唐凌不屑的神情一定也正指向他；還有知道這次影展他才是主力的人們，也一定正用眼睛找尋著他。

世淳將正收起的電線交給服務生，擠向排列已凌亂的椅堆和人叢，因爲他的身量、動作都極爲顯眼，所以馬上就成爲人們矚目的對象。世淳停在剛才發言的男人面前，男人本能的站起身，有些不安，但絕對敵意。

「老兄，我以主辦人身分誠意的謝謝你的意見。」世淳說著伸手拍拍他的肩膀，示意他坐下：「第一次嘛！難免有顧慮不到的地方，請包涵。希望不久的將來，能看到你先生主辦的『實驗電影展』，相信一定完滿非常，到時候，在場所有電影藝術愛好的朋友，一定急於欣賞。」

世淳沒有給對手再還擊的機會，轉身就步上小舞臺，宣布討論會結束。

等人潮都退得差不多了，世淳送黃正函到樓梯口，黃正函伸手給世淳握著，面色陰鬱而且有著愧對：

「今天……我大概只能說抱歉了。」

世淳苦笑不已，想著該說抱歉的是自己，可是半天也說不出聲來。看著黃正函邁著蹣跚艱澀的步伐，眞恍若一世的現實悲苦都在他的肩上一般。

世淳緊皺眉頭，回身才看見若蓁伶仃的坐在大堆椅凳間，一動也不動的望著自己。世淳踱了過去，兩人對望良久，世淳才說：

「走了？」

「嗯？」若蓁抬眼望他，半天回過意來：「這兒呢？」

世淳自然看見了四周椅凳零落，地上紙屑齷齪，但他只是不言語，也不招呼誰的往外走；若蓁只好站起身跟著。上石階時候，他們彷彿都聽到胖子唐凌攤著兩手向人抱怨：

「看這地方給蹧蹋的！簡直像是浩劫嘛！以後貼錢給我也不能再幹了。」

走出地下層，太陽光已經偏紅，斜斜暖暖的映在那一長排海報上，看得人意興闌珊。靠牆角的一張檯子，原是供簽名和訂閱雜誌用的，現在負責人走光了，只見訂閱單散了一地，十分刺眼。

「結束了？」

若蓁試探的問著，世淳輕輕哼笑，應道：

「結束了！」

「你可以再搞個花樣忙啊！」

世淳沒會意，只是沉默的繼續往前走，若蓁只得又追上一句：

「你就是這樣的人。」

「我是什麼樣的人？」世淳這回懂了：「好人？還是壞人？」

「有什麼好壞呢？」若蓁聳聳肩：「不過做就總比不做好吧！」

又是好一陣的沉默，兩人穿梭在西門鬧區人叢裡，沒有目的也沒有方向，走得天色昏沉，街道上都亮起十彩明滅的燈火。

「去哪呢？」

「你爸爸臨走叫我們回去吃飯。」若蓁猶豫的說道。

世淳想了想：

「那就去吧！」

我兒漢生

漢生大三那年由家裡搬了出去，他不需要太多的理由，因爲他父親贊成一切獨立自主的行爲，而我也不是個守舊的母親，我一直努力著使自己跟得上時代，希望自己仍是個心智活躍的女人，不光是爲了和兒女間去除代溝，也因爲我那只比我年長一歲的丈夫，他一直是個精力充沛外表漂亮的人物，我總不能才四十六歲就已經是個蹣跚老太太了，正因爲這樣，所有認識漢生的人也都不相信我是他母親，這雖然是很好的恭維，可是逐年的我發覺到，我和漢生間的母子關係也愈來愈趨於稀疏冷淡了。

要做母親的說她兒子小時候有多麼可愛逗人，那是三天三夜也說不完的。尤其是要我說漢生，他小時候好白、好胖、好乖的一個孩子，笑起來眼睛不是瞇成細縫，而是睜得又大又圓。那時候我和裕德收入都少，只能租人家樓上一間閣樓樣的小屋子，冬天還好湊合，夏天熱得發慌，孩子身上都長滿了一粒粒通紅的痱子，像個變種的刺蝟，我乾脆不給他穿衣褲，由著滿地亂爬。裕德晚上在家裡幫出版社翻譯些稿子賺取外快，漢生就爬到他腳邊抱著小腿又親又啃，裕德心疼得利害，一手撈起兒子也是又咬又吻，我說他們父子是食人族，裕德總說胖孩子就有惹人去吃掉他的欲望。

孩子就是這樣，等他成了少年，鼻尖上油亮的冒出白頭青春痘，下巴都是粉刺，脣上生著黑褐的鬍鬚粒子的時候，他看人的眼光不再是坦誠信任，而變換成一種充滿了懷疑和不屑的神情。唸初中的漢生雖然不曾爲非作歹，卻也開始和我頂嘴，反抗父親。像我們要他繼續他的小提琴授課，他就有一百種理由拒絕。若是要帶他出門應酬親戚，那更是比登天還難，彷彿他這樣的一個人，和我們做父親的及他唯一的妹妹一道走在街上，是項莫大的羞恥一般。

「由他去！這樣年紀的孩子都彆扭。」

他父親說。

裕德和我對孩子的教育原則，大體上都是希望他們能認眞念書，考一所好學校，不一定成爲學者，可是總要有起碼的學識發展所長。我們也知道，每一個孩子的成長，都會爲做父母的帶來一些小煩惱，可是卻沒有料到，漢生帶來的則是極大的困擾。

漢生初中還算用功，各科成績不錯，順利考上了第一志願高中。那時候裕德已經升調報社的總編輯，我們有自己的房子，生活亦步亦趨的總算有了點樣子。我辭去做了十多年的圖書管理工作，專心的開始從事自己的事業，而不必只爲了維持家計忙碌。我與朋友合辦一份少年刊物，發行的對象是十歲到十五歲間的青少年，我自以爲對這方面了解，而且有足夠的興趣，除了負責編務，也闢了個專欄和孩子們聊天，說理和評論些與他們有關的問題。裕德一直很支持我，他把行動當成一種嚴肅的生活態度。這樣說也許會以爲他是個嚴厲刻板的人吧？其實不然！他仍是個有情趣有夢想的男人，漢生是不是像他父親呢？我一直希望他是。

漢生上了高中，因爲競爭激烈，他不再名列前三名。這原是無可厚非的，可是他高二時候，成績卻低落得厲害，英文、數學、物理、化學沒有一樣及格，我們這才發覺情況並不單純。我也學起一般母親，背地裡臨檢他的臥房，漢生沒有記日記的習慣，不過我卻找到一隻漂亮的木製點心盒，裡面滿滿的信件和照片，原來漢生瞞著我們交筆友，信都是寄往郵政信箱的。他的筆友遍布全臺灣，甚至還有香港和美國的，翻翻那些相片，十七、八歲的女孩子剪短了頭髮看著都長得差不多，其中最惹眼的，是個頭髮蓬鬆，衣著鮮麗，笑起來只看見一口白牙的黑妞。

我沒有拿這件事去責問他，因爲我另外發現他床下的抽屜裡藏了十幾套新舊鎖匙，從高級的西班牙式彈簧鎖到普通的對號鎖，各式各樣都有。這使我想起有回漢生帶了個同學回家來玩，我由雜誌社回來的時候，正巧看到他們兩個鬼鬼祟祟的弓腰貼在我臥房門口，用條鐵線往鑰匙孔裡仔細的掏挖著什麼。我咳嗽一聲，兩個人都嚇了一跳；後來漢生解釋說，我的同學吹牛說能開任何鎖，他讓他試試。我當然不疑有他，因爲我的房門向來不鎖的，孩子沒有別的理由要故意把它關上再去打開。

可是漢生要這麼多鎖匙幹什麼？

「玩嘛！」他說。

我曾經念過一篇小說，是說一個十七、八歲念高中的孩子，對什麼都不感興趣，只喜歡開鎖玩，平生大志就是能開各種各樣的鎖。難道漢生也有什麼心理不平衡嗎？

「唉呀！不要大驚小怪嘛！」他皺著眉頭，好不耐煩的：「我們班上有一半的會玩鎖。這也算一種收集。」

「收集？收集郵票不好嗎？爲什麼要玩這種小偷玩的把戲？」

「媽！妳怎麼說的那麼難聽，這可也是一種心智訓練。」

他父親居然贊成這套說法。

除了心智訓練，他們還有膽識實習。學期中的時候，我在雜誌社接到裕德的電話，說漢生在警察局裡，問我要不要一起去保他出來？他們一夥六個，一樣的平頭，一樣的黃卡其制服，一樣的一副你永遠猜不透的青澀酸壞表情。

「你們家裡環境都不錯，爲什麼要偷人家書店的書呢？好玩是吧？一個個關上三天不給飯吃，看還好不好玩？」胖警員尤其指著那個來過我們家開鎖的說：「他最有本事！其他的都還揣在懷裡，只有他！抱了一疊十幾本就預備走了。」

回到家，我還來不及說道理，就聽漢生率先破口大罵：

「什麼嘛！死阿榮！要不是他黑心，怎麼會出這樣的錯誤？我們已經去過四家，這是最後一趟了。」

「你……你們怎麼可以去偷人家書呢？」我精疲力竭的跌坐在沙發椅上，想著兒子是小偷，我還是個少年刊物的主編，被人譽爲少年問題專家呢！這不是天大的諷刺？

「哎呀！誰偷書嘛！只是，只是打賭看誰拿得多。」

我一向主張對孩子要嚴峻施教，漢生小時候拾了枝鉛筆回來，我都要他拿去學校交給老師，他四年級的時候，鄰居小朋友來告訴我說潘漢生偷了班上同學的鋼筆，當晚我把他手腳綁牢，用雞毛撢子抽了十幾下屁股，第二天由他父親買了枝新鋼筆給他，可是現在呢？面對著長得比自己還高的兒子，我和裕德都覺得頗爲尷尬。

我是早預料到了，孩子到了這一步，接下去總還有事情要發生的。那是學年快結束的初夏，漢生就讀學校的總教官打電話到家裡，正好我接聽的，他要我立刻到學校去一趟。

「漢生，他怎麼了？」我本能的反應便是先想到孩子的安全。

「潘漢生沒有什麼，倒是他的同學有了問題。」電話那頭，以一種特別的鼻音，略帶幽默的說著。

趕到學校，紅磚樓長廊底端是間陰鬱的大辦公室。幾個有點年紀的老先生搖頭晃腦的拈枝硃筆點作文簿，整座學校唯一的聲音似乎就是辦公室天花板上呼嚕打轉的電風扇，聽得我愈發的背脊出汗。

「您找誰？」

身後冷不防的聲音，倒嚇了我一跳，看他身穿墨綠軍服，寬厚的肩上各佩著三朵梅花，我想就是他們總教官了。

「我是潘漢生的家長。」

隨他走進隔壁的教官室，我一眼看到漢生背著手面窗背向門站著，我沒有叫他，只覺得無來由的一陣虛軟，忙向靠牆角的一排沙發椅子坐下。

「潘太太！您也不要緊張，輕鬆點好。」那總教官十分善意的笑著，左手卻穩健嚴重的推了樣東西到我面前：「這您認識嗎？」

是把寸長的獵刀，刀鋒裹在已經翻毛痕了的黑皮鞘袋裡，刀柄是象牙色的，粗工雕刻了些花紋，只是紋縫早就髒舊得成了褐黑的顏色。我瞧著眼熟，好久才想起來，家裡書房裕德大抽屜裡有這麼一樣的一把，是他少年時代的紀念物之一。

「很像外子……外子的紀念品，不過我不能確定。」

他笑笑，像是說沒關係的，又把那柄獵刀向我推得更近些……

「潘漢生也說是他父親的。」

「他……」

總教官鄭重的點點頭。

「同班的林正義手膀子給戳了個窟窿，到現在兩個人還不肯說爲什麼。受傷的已經送去醫院了，不嚴重，不過潘漢生，我想起碼是兩個大過吧！」

總教官讓漢生和我一道回家，車上我們母子倆並坐，卻是一句話也沒有。看他偏向一邊稜角很深的側臉，眼睛冰冷忿懣，我心裡不由一陣寒意，怎麼也想不透，我的孩子有什麼事需要如此憤怒，如此怨毒，如此兇殘……

「爲什麼呢？總可以告訴我爲什麼吧？」

我問他，熱切的望著他，甚至想撲過去拍著他背脊親哄，只爲了要讓他說出實話，但是我等了很久，在他堆滿唱片、參考書、雜物的臥房裡，似乎整個地球都靜止了下來，只爲了聽一聽他所以殺人的原因。

「沒有爲什麼嘛！」他是在十分不得已的情勢下，勉強的回答我的話：「妳不要想得那麼嚴重。」

怎麼不嚴重呢？我打電話通知裕德，要他馬上回家。

「我在開會啊！」

「你兒子已經是殺人兇手了，你還在那裡開會？」

裕德這回是動了氣，他對著不聲不響的兒子吼叫了一個鐘頭，說盡天下做人做事的大道理。我也隨著跟進，挖心剖肺的說了兩個鐘點。最後我們知道的，卻是只爲了一枝香菸——那個叫大頭的不借，還開了句玩笑（至於什麼樣的玩笑，漢生堅持不說），於是漢生怒從心起，抽出刀子在他手臂扎了個洞。

我和裕德對看一眼，彷彿是嫌事情發生的過分單純。

我離開漢生房間後，裕德仍留下來和兒子談話。我坐在客廳裡側著耳朵細聽，卻一直就只有裕德一個人的聲音，大約半個鐘頭後，裕德推門走了出來，他居然面色興奮神采激昂的告訴我說：

「十七、八歲孩子都是這樣，誰都經歷過嘛，妳也不要太過敏了。」

「我過敏？他把人都殺傷了。」

「他們是死黨！大頭一看膀子流血，脫下卡其襯衣自己裹了起來預備回家，結果還是別的同學叫嚷起來，才鬧到教官那兒。」裕德銜起他的菸斗，手上不停玩弄著那柄老舊的獵刀，以一種彷彿是讚美的語氣說：「他拿去磨過了……這麼多年，我都忘了它，這是我一個叔叔送的，很有意思的一個人，好打抱不平，還差點爲管閒事送了命。」

「怕他送命，你下次給他把槍好了。」

我指的他當然是漢生。

漢生被處以留校察看，爲了減輕他的心理負擔，而且也希望他能換個環境，我們爲他辦妥轉學手續。新學校是一所郊區的私立高中，依山傍水環境清雅，學生一律住讀，只有星期假日可以回家。

家裡突然少了個人，大家都不很習慣。漢琳雖然平日和她哥哥不算太親熱，可是也會說：

「我還眞想哥哥呢！」

漢琳一直是個乖巧的孩子，在學校是好學生，在家裡是好女兒，在親戚朋友間是最甜美的小公主。她舉手投足，一顰一笑，十足被嬌養寵慣的炫麗模樣，就連她的驕縱，也竟然表現得那麼天眞純潔。她幾乎沒有任何瑕疵好挑剔。可是，這樣的孩子眞令人放心嗎？

「裕德！我看漢琳夠嬌了，你最好少寵她點，以後就算她命好不用吃咱們以前那種辛苦，可是有個天災人變，適者生存的時候，這樣的孩子會首先被淘汰出局的。」

「唉！漢琳是少些韌性，可是妳現在打算怎樣？把她送到無人荒島上去磨練磨練？」

就在對漢琳的再教育也無計可施的時候，漢生新轉去的學校來了封掛號信，通知上直截了當的說明漢生已經被學校開除了，原因是他印行誣衊師長的不實傳單在學校公開散發。

「你要辦報紙嗎？你爸爸在報界這麼多年，你要辦報紙可也先找他商量吧！」

「我不是要辦報紙！」漢生額角纍暴著青紫的筋脈，他一個字一個字的說：「我只是爲了正義，說大家不敢說的話。侯正群不配當我們導師，沒有學問沒有品德，兼課外活動組長的時候只知道污校刊的錢，這種人！敗類！」

「這關你什麼事？不念你的書！這關你什麼事？」

「怎麼不關我的事？我要接下去辦校刊，怎麼不關我的事？」

他握牢了的拳頭像是隨時會迸出火花一樣，好一頭憤怒的小乳獅。可是他又知道我這做母親的感受嗎？我的憤怒早已經不只針對他的某一件罪行了，我眞爲他以後的前途擔心，他早踰越出常軌，我不能想像，這樣孩子可能正常的成爲一個成功的男人嗎？總之，我喪氣透了，想著自己竟有這樣兩種不同個性的孩子，這可能正是裕德和我一生的最大失敗。

以後漢生留在家裡的那段日子，因爲他要唸書以同等學歷報考大學，裕德和我都很少打擾他，兩代間自然又少了可以溝通的機會。七月放榜，漢生敬陪末座的擠進一所大學的社會學系，裕德和我失望之餘也盡量往好處想，到底大勢已定，可以稍感安慰的是漢生好歹就要念大學是大人了，以後總不至於再出什麼差錯了吧？

果然，進入大學後，漢生表現得極爲奮發積極，他變得愛看書，只要有關人文科學的他都有興趣。旁敲側擊的，我們知道他交了個姓黃的女朋友，是同班同學。幾次要他請女朋友回家吃飯，漢生總是不肯，表情曖昧不明，不知道是害羞呢？還是不願意我們做父母的插手。對於這一點，裕德和我一向開通，絕不干涉；而且我們總以爲，男孩子交了女朋友，正表示他有心穩定自己呢！

兩年後，漢琳以第一志願考進外文系，裕德提議全家慶祝一番，漢琳便說上圓山飯店吃牛排。出去吃吃飯，花費個一千、八百全家高興一下雖說是常事，可是上圓山飯店吃牛排還是屬於非常奢侈的，就是裕德升社長的時候，也只是在天廚叫了一桌，請來所有親戚朋友算是家宴。不過這回又不同，爲了女兒嘛！裕德可是毫不心疼的滿口答應了。難得漢生也在家，我和女兒忙不及的打扮起來，一家四口歡歡喜喜的開車上圓山。

那年圓山飯店還未翻蓋成摩天大樓，麒麟、金龍、翠鳳三座紅木雕樓各自依勢聳立山腰間，姿態典雅，古色古香。金龍廳幾乎是三廳門戶，大廳正中是隻五爪金龍盤旋在古幽的水池之上，屋頂到地板一派的金碧輝煌，男女進出，衣香鬢影，走在其中，自然而然的會想著自己該昂首挺胸嫺雅款步，不要失了儀態才好啊。

西餐館，可又是一番清純氣派，白色桌巾柚木高背絨椅，一桌子銀光閃爍的刀叉餐具。我們選了張臨窗的檯子，只見山下燈火熒動，甚至可以隱約的辨認出光影閃耀的淡水河。

「媽！這裡的景觀太棒了！我們哪天該來住一晚。」

「傻話！還有人沒事住旅館的？」說著又想起來提醒裕德道：「禮拜天韓家娶媳婦在二樓川揚菜館。我晚上要給雜誌社吳先生餞行，你抽空到一下吧！」

「這禮拜天？不行！報社也有一對結婚，我是證婚人。找看漢生和漢琳一道去吧！怎麼樣？」

「好啦！」

漢琳勉強應著；漢生卻不搭聲，直瞪著遠處一對年輕派頭的男女看著。

「看什麼你？」我問他。

「沒什麼！看他們這麼年輕就一副勢利相。」

裕德點了飯前酒，四份丁骨牛排，給孩子要了牛尾湯、沙拉，我和他是清蚵湯。

我對西餐的胃口一直缺缺，尤其像牛排之類簡單的煎烤烹飪更覺得乏味，不過西餐廳的恬雅氣氛總給人帶來安適，羅曼蒂克的感覺，難怪有人說吃西餐就是吃氣氛。我們家裡最適應這種氣氛的人選，自然首推漢琳，她優雅的在麵包籃中選喜歡的小麵包，輕盈點著頭讓侍者將蔬菜塡進她的鐵盤，一切進行的中規中矩。漢生便不同了，他始終皺著眉頭，吃得也不多，我想剛才也許該請他的女朋友一道來才對吧！

晚餐出來，漢琳由車後一把摟住她父親的脖子親個不停，我猜她又有花樣了，果然聽她嬌痴的說：

「爸！我們去跳舞好不好？」

「讓你爸好好開車，多危險！」我硬把她的雙手由裕德頸間扯了下來。

「好不好嘛？媽！」這回她將目標轉向了我。

「問你哥哥吧！」

其實我這也算是答應了，多久沒跳舞了，趁著興致好一家樂樂也好。

可是誰也沒料到的，漢生卻直著嗓子說：

「我不去！」

「去嘛！好哥！去嘛！」

「不去！天下再沒有比跳舞更無聊的事了，有那個時間不會做些有意義的事嗎？」

「哼！漢生最掃興了！他什麼都看不慣！」

「我是看不慣！」漢生因爲剛才喝了口酒，激動起來臉孔通紅，就像是掐得出血一樣：

「你們大概還不知道！我們剛才吃的一頓飯足夠普通人家過半個月日子了。」

我怎麼會不知道呢？當我想辯駁的時候卻已經晚了，沒有人再開口，大家鐵青著臉。胃底一陣翻攪，剛才的牛排變成了酸腐的氣味凝聚在喉頭，我搖低窗子，看街道上川流閃耀的霓虹燈在行人臉上映成一抹抹不眞實的顏色。

而我們車子流利的在南京東路口轉彎，直駛回家。

那晚裕德和我都沒有情緒細談。第二天醒來看著大好的太陽光，想著有多少事還沒處理，也就不願意再把孩子無心的言語誇大成一種論調再研究了。

星期天，漢生拒絕參加韓家的婚宴。一個禮拜後，他隨學校社團發起的社會服務活動到東部去了一趟。他回家的第三天也是合該有事，晚飯桌上，我說起孩子表姨最近從鄉下接了個十一、二歲的小姑娘回家幫忙做些簡單家事，聽說給了她家裡五萬塊錢。

「那不是買賣人口嗎？」漢生皺著眉頭，一副難以下嚥的嫌惡表情。

「胡說！說好了十六歲送她回去。管吃管住，學規矩，教她做事，有什麼不好？小姑娘來了還不想回去呢！」

「媽！那妳也養一個幫洪嫂做事好了！家裡多個人也熱鬧！」漢琳說。

「胡鬧，不可以做這樣的事。」

本來我也沒有意思要這樣一個小姑娘，可是見裕德這麼鄭重其事的，也就不得不爲孩子的表姨申辯兩句：

「其實孩子留在我們這種人家，總比讓他混帳父親賣到下流的地方去好吧？我倒覺得……」

「媽！妳不覺得這樣做不道德嗎？」

我從沒想過自己會是個不道德的人，尤其這話出自我兒子嘴裡。

「那你以爲由他父親送她進火坑道德嗎？」我第一次武裝起自己，像對付一個對手一樣的同自己兒子說話。

「我們可以建立更好的社會制度來淘汰、改進這樣的事，要做積極的努力，不能就這麼消極的將買賣人口做雛妓升格成童工就了事了。」他是那麼的莊嚴而嚴肅的：「這正是現在社會普遍的不關心現象，每個人都自私自利只看見自己，從來不替別人著想，同情那些比我們生活差的同胞。坦白的說，我也看不慣你們的作風……假如，有一天你們知道別人一餐只有一點鹹菜、肥肉的時候，你們會比較了解我的意思……」

漢生的話，使我一下子恍惚覺得自己原來是個養尊處優、浪費、淺薄又少思考的社會寄生蟲；他父親則是個只知道一擲千金吃頓牛排，從不關心社會，自私卑劣的「中產階級」。

那個卑鄙惡劣的父親終於開口說話了：

「漢生！你母親和我都覺得，你最近好像對這個家十分不滿意，我不能說你是錯的，你還年輕，還有太多的日子要過，你可以慢慢的過，不要著急，你可以去做你要做的任何事，可是不要包括了攻擊，尤其是攻擊你自己的家。」

夜裡，裕德和我都沒有睡意，坐在二樓陽臺上看遠處清皓的月亮，我忍不住去抱怨——

「我們怎麼不懂什麼是苦日子呢？生下漢生不久，裕德給派到南部半年，為了節省開支買奶粉，我幾乎餐餐就醬菜、魚鬆吃饅頭、稀飯，懷漢琳時候裕德人又在美國受訓，孕婦總是嘴饞，買不起好的，一塊錢花豆領著漢生吃一下午。漢生、漢琳都在酒泉街的小木樓上長大的，吃飯、睡覺就那麼五坪大小地方，孩子不記得了，我們還記得……」

「說這些幹什麼呢？」

「漢生說話不公平！……」

「由他去！孩子大了，各有各的想頭，我們也不能說他是錯了。」

暑假後開學不久，漢生搬了出去，說是離學校近上圖書館方便些。家裡固定的給他費用，他也兼有家教，生活上是過得去了。至於他和這個家的關係，因爲接觸少，自然愈發疏遠而客氣了，裕德和我再很少聽到他的不滿和抨擊，星期六晚上成了全家性的聚餐，第二天一早漢生就又走了。我們做父母的，表面上不干涉他的行動，可是背地裡總免不了關心。經朋友介紹，我們輾轉認識了漢生學校的訓導長李先生。由李先生所述，我們兒子是個有熱忱、有愛心、有幹勁的好青年，他活躍於學校社團間，尤其熱心社會服務，是所學爲所用呢！

漢生畢業的時候，我們全家去爲他祝賀，他領了不少大小獎狀、獎牌，連我們做父母的都覺得與有榮焉。漢生又領我們參觀他租賃的房間，這是我們第一次獲准進入他的天地。屋子窄長狹小，一張兩人用上下鐵床外，進門就看見牆上貼著史懷哲的大海報照片，再就是凌亂的書籍、簿本、衣物，和他同住的孩子姓陳，長相細瘦、眼睛精亮，很聰明卻有些壞心眼的樣子，不過我並不十分的以貌取人，所以不覺得有什麼不妥。

晚上在家裡吃飯，裕德問漢生畢業後有什麼打算？我們都已經知道他無意出國深造。漢生搖著他一頭少修剪的長頭髮，說服完兵役再打算，他想自己找事，言下是暗示他父親不必為他做任何安排。

漢生抽中的是兩個月補充兵，服兵役回來仍然住回原來的小房子。他那位姓陳的同學也因為體位丙等不用服兵役，一直就住在原處。兩人經學校師長介紹，到一所社會教育協進機構服務，月薪四千塊錢，聽說工作輕鬆，做做調查和統計而已。但是問題就出在工作太過輕鬆，兩個月後漢生因為受不了這樣單調的作業，決定離開另行謀事，力圖發展他奉獻社會，為民服務的宏願。

不久，漢生又進入一所傷殘服務中心，專門幫助些身體上有缺陷的可憐人們去除心理障礙，或是職業訓練、工作介紹等。漢生做得似乎很起勁，原以為這可能就是他決定奉獻一生的事業了，卻不料三個月後，他又換了工作，這回是有關礦業人員福利的機構。他告訴我說：

「不是我不喜歡傷殘服務的工作，我覺得和他們談談能幫他們對人生有新的認識，是很有意義的事。可是，我實在受不了一些同事，成天抱怨薪水低沒有前途，而且總存著私心，把好的工作機會留給他熟的人或是他喜歡的人，從不替那些眞正需要工作的人著想。看著生氣，還不如離開他們遠些。」

「不會都這樣吧？」

「有幾個就受不了了。」

「那你這不是抱怨？」

我問他。漢生呆了半晌，然後堅持的說：

「我抱怨的只是在那裡只能爲某些人、少數人服務。我想我現在的工作比較適合我，我希望能爲更多的人爭取福利。」

就在漢生上任不久，卻聽說他和交往多年的女朋友鬧吹了。原因是那位黃小姐不能再支持漢生崇高的理想，她眼見同學們出國的出國，結婚的結婚，她也需要有所決定，可是漢生卻三天兩頭換職業，彷彿一事無成，他令她失望透了。

黃小姐一怒去了日本，漢生自然沮喪得厲害，回家來總是一言不發生悶氣，我們誰也不敢去招惹他，總想過一陣子工作會撫平他的創傷。卻不料不久他還是辭職了，原因說是什麼處處受上級牽掣，不能放手做事，覺得沒意思。裕德和我都原諒他正是情緒低落時期，也就沒有多說什麼。

漢生失業了兩個月，看他一蹶不振的模樣，裕德托朋友爲他在廣播公司安插了一個很好的職位，卻是漢生一聽便翻了臉，霍的扔下碗筷奪門而去。

在臺北不靠關係覓職並不是頂難，只是要找個適當又合興趣的工作就不容易了。漢生托同學、寫履歷，幾乎報紙上所有像樣點的徵職廣告他都試遍了，最後他決定勉強去應徵一家人壽保險公司。

「爲什麼不再等等？」我盡力的去勸說：「也許可以找到你適合的工作。」

「有什麼好等的？還不是一樣？」他近乎自暴自棄的說。

裕德不贊成他拉保險，說那是一種不實在的勾當，保險公司多半只利用應徵者的人際關係賺他們自己的錢。不過，他還是投保了二十萬的意外險。另外，漢生又四處奔波，看來拉保險不是他想像的那般容易，一個月下來無甚成績，最後還是裕德暗地幫了他些忙，才算湊足了一百萬的成績。可是看漢生一副受盡委屈的樣子，我猜這行業他也是幹不長的。

果然，公司要的不光是這點分數，可還要績效哪！不久，又找了幾個外務員任漢生調度，這回是由他去榨取別人。漢生最後是拍著桌子，指說公司欺騙的情況下離開保險公司的，不過裕德的保險費卻仍得按月繳付啊！

後來漢生又考進了一家廣告公司做市場調查員，待遇尚好，工作也簡單，剛去時他對這樣的新環境還算滿意，同事相處也頗新鮮有趣，可是不多久，他又開始嫌工作枯燥無意義，回家來總抱怨他們經理對下跋扈，對上奉承諂媚；科長陰險搶人功勞；同事一個個牛鬼蛇神急功好利，只要有一點點好處，個個削尖了腦袋窮鑽營。

「廣告公司這種地方啊！弱肉強食，最要不得了。」

「哪兒不是一樣呢？」我說。

「我就不信！」

沒多久，漢生又辭職不幹了。

說實在的，我並不擔心漢生的倔強。不求人幫忙不依靠誰，這是有志氣。裕德和我當年除了靠自己，可沒靠著誰過。裕德隻身來臺灣，半工半讀唸完大學，碰破頭的自己找事情做；我娘家也不富裕，結婚陪嫁就是一床棉被和枕頭。兩個人租人家後院搭蓋的一間木板屋做新房，後來還是因爲漏雨房東不修才搬走的。我們又靠過誰呢？我眞正擔心的，倒是漢生他到底心底有沒有一點計畫？他是不是知道自己將來要做一個什麼樣的人？將來要做一番什麼樣的事業？裕德和我當初雖然並不是十分具體的知道這些，可是我們從不輕易懈怠，因爲我們知道稍一鬆弛，你所有的夢想都必定成爲灰塵。我想，這是很重要的觀念，我不知道漢生是否能夠了解，可是如果我現在教他，那是太晚了，因爲這只是一種精神，而不是教材。

「媽！漢生和爸說他決定去開計程車了，妳最好勸勸他！」

漢琳以一種見怪不怪的口氣告訴我，一時間我卻根本搞不清發生了什麼事。

「你爸爸說呢？」

「爸說隨他！」

這便是漢生的計畫？

漢生和他那位也一直沒有找到滿意職業的陳姓室友聯名做會頭，邀集了好友、同學，成立一月三千塊的互助會，首期會款六萬多塊錢，買了輛二手的計程車，再噴漆裝冷氣，兩人便開始營業了。

「你考上執照啦？」

我抑制住驚訝，反而問了個最沒有意義的問題。

「嗯！營業執照難考，連考了三回。」他毫無愧色坐在我對面，老高的翹起二郎腿，因爲頭髮剪短了，年輕的臉上神采飛揚的：「我不知道妳和爸怎麼想，也許覺得丟臉沒有面子，不過這對我來說等於創業，我們需要賺錢，賺了錢可以做自己眞正想做的事。」

「做別的事不能賺錢嗎？」

「有像開計程車一樣不受制於人又不需要太多本錢的事嗎？媽，自食其力有什麼不好呢？」

「自食其力是沒有什麼不好。」我努力修正自己的觀念，有個唸完大學去開計程車的兒子並不可恥。不過我還是要問明白：「你就打算一輩子開計程車了？」

「我當然不打算一輩子開計程車。等賺夠一筆錢，我和阿陳計畫先開家像樣點的書店——書店總算是文化事業吧？」他幾乎很鄙夷的這樣問我。「書店經營起來了，可以再有關係企業，像書店樓上就可以開家很家庭式、親切的咖啡室；或是搞出版、辦雜誌，講我們要講的話，供給這個社會眞正需要的知識……」

我不能否認，他的計畫雖然不夠周密，卻十分遠大。

漢生開業的第一個笑話，他回來講給全家共享。原來他碰上的第一位乘客，竟然是同班同學，結果自然是免費服務了。

漢生和阿陳白天晚上輪流開一輛車，聽說一天一個人都有八、九百的生意，如果下雨，逢年過節，可又更不只了。漢生每天的收入，除了留一小部分零用外，都如數的交給會理財的阿陳保管。阿陳每個月負責上會錢，繳一千多塊的寄行費，還有上萬的油錢，另外還有半年一繳的各種稅費，剩下的錢不多，卻也全存了起來。等兩年後，他們不但不欠人家錢，還有盈餘的存款和自己的車子。

「那時候我們把車租給人家開，每個月還可以固定的收租錢。」漢生興高采烈的算給我聽。

背地裡，漢琳總笑著對我說：

「他這不也是剝削嗎？」

不管怎麼說，我和裕德總是希望這兩年能夠快些過去，好早點看見漢生形容的美麗遠景。但是實際情況卻又永遠不會只是單線推進。半年後漢生回來說他和阿陳搬家了。搬家自然不是什麼大事，可是我們卻輾轉聽說，他們搬去和一對姐妹花舞女同住。

「這是怎麼一回事？」他父親暴跳著，這是我第一次見他生這麼大氣：「他要幹什麼我們都依他，可是不准有這樣下三濫的勾當。妳！妳去給我搞清楚。」

裕德紫青著臉，一個晚上悶在書房裡不理睬任何人。第二天他雖照常上班，可是卻仍然沒有一絲好臉色。也難怪裕德生氣啊！孩子任性倔強沒有關係，甚至愚笨無能也是我們的孩子，可是卻絕不能學下流。

下午，我直接由編輯室出來，按著地址找到的是幢四層樓公寓房子，樓下斑鏽壞透了的鐵門，一扇早就橫躺下擱在牆角，另一扇則顫巍巍的虛掩半邊。走上三樓，對著門一樣的兩戶人家，釘著十八號門牌的沒有裝電鈴，我拉開黑褐污灰的紗門，敲扣了好一陣，才聽見裡面有了反應。

門連著鐵門開了一吋寬的細縫，看不清楚裡頭的半張臉孔，只知道是個女人。

「找誰？」

「請問，潘漢生是不是在此地？」

「他不在！」

女人正想關門，我使勁按住了。

「我是他母親。」

裡頭沒了聲音，門關上，抽了鐵門又打開，女人披著粉紅薄紗的睡袍，裡面是件黑緞襯裙，很好的身段，卻因爲剛睡醒，兩眼酣倦臉孔浮腫，一頭染成褐黃色的頭髮兀自蓬散亂雜的攏在耳後，很容易讓人聯想起一隻甜腐餿酸了的水蜜桃。

「妳怎麼會是他媽媽呢？看不出來啊！妳這麼年輕。」

「不年輕了！」

我背著陽台落地窗坐下，客廳連飯廳，一覽無遺，因爲家具少，地方顯得寬敞，只是好久沒人清理，地板桌椅上一層的灰垢，報紙畫刊散亂得到處都是，餐桌上還有吃剩的李子核、西瓜皮、空罐頭、可樂瓶，牆角幾隻探頭探腦的蟑螂來回竄動窺伺，叫人看著反胃。

「阿巴桑要到星期六才來，我們這裡一個禮拜清潔兩次，滿髒的。」

她聳聳肩，說得像別人家的事一樣，又逕自走進廚房，取了個大號紙盒裝牛奶和兩隻玻璃杯：

「喝一點吧！」

「不客氣！小姐貴姓？」

「叫我安妮好了！」

撕紙盒時牛奶濺到手指上，她自然的放進嘴裡吮了吮。

「漢生不在？」我又問了一次，只爲了引起話題。

「這禮拜小潘開白天，晚上才回來。阿陳開晚上，到現在還在睡呢！」

「安妮小姐在舞廳上班？」

「是啊！」

安妮毫不自卑的坦率使我覺得愉快，接下去的談話想必也容易得多。

「安妮小姐，先要請妳相信的，是我絕對沒有惡意。」

「喔？我沒有覺得妳是惡意的啊？妳要問什麼，我知道的一定會說的。」

「我想了解一下漢生和妳確實關係？」

「小潘和我？我們沒有任何關係啊！」她放縱的笑了起來，笑得前俯後仰兩眼淚汪汪的：

「不過，不過他和我妹妹海倫不錯，海倫出去了。」

我正覺得失望，安妮拈起桌上的長壽菸，爲自己點著了，濃濃吐出一口，說：

「其實他們也不會有結果的。」

「爲什麼？」我這樣急切的追問，就像是我很希望他們有結果似的。

「這很難說，反正不會就是了，我很了解我妹妹，她不容易動眞感情的，妳可以放心啦！」

我訕訕的笑著，一時也不知道該再怎麼說。安妮卻十分健談，詳細告訴我他們是怎麼認識的——先是海倫搭車認識了阿陳，經常叫他的車，又認識了漢生。後來愈來愈熟，反正房子空著，就叫他們一起來住，晚上家裡有個男人增加點安全感。

臨走，安妮又再三向我保證，漢生和海倫一定不會有結果的，叫我放心。另外，還告訴我說，漢生和阿陳好像有了財務上的困難，詳情她不清楚，要我自己去問漢生。

晚上，我們在家裡請友寧夫婦吃飯。友寧、瑞臻、裕德和我是大學時代的至交，裕德畢業後入了報界，友寧出國修學位，第二年瑞臻也跟著去了。住在小木樓的時候，日子清苦，人也特別氣短，我總嘆著氣說：

「我們和友寧、瑞臻大概也是到此爲止了，人家回來是博士、教授，可是不一樣的人啊！」

誰又想得到，我們現在可也有著一幢樓上下四十多坪的房子招待客人。雖然不是陽明山上的豪華別墅，卻也是值得安慰的成績。

瑞臻除了額頭上添了些皺紋，化妝更濃外，可仍是當年爽朗的好丰采；友寧和裕德一樣發胖了，我笑他們應該繼續從前的網球單打，好保持身材。他們從前在學校打網球，還是校隊水準哩。

餐後友寧一再誇讚我主廚的菜可以媲美他回來吃的幾家大餐館。裕德說等他退休了，我們乾脆到紐約開中國餐館。友寧馬上接口：

「裕德啊！這可不是玩笑話喲！很多搞文化的在美國發揚中國吃的文化噢！」

瑞臻很喜歡漢琳，說他們正興在美國長大，中國朋友不多，希望漢琳能和他通信交個朋友。

「下次該一起回來的，聽說正興十九歲就拿到學士學位？現在有兩個博士頭銜！眞是不錯啊！友寧！我們是老了，該退休把路讓給孩子們走了。」

這是我第一次聽到裕德說了服老的話。

「哪兒的話？我們可還是壯年！不行！不行啊！……」

友寧雖然說的不是什麼笑話，可也惹得大家哈哈笑個不止。笑聲中，我聽見門鈴響，洪嫂去開門，進來的是穿著廉價運動衫、牛仔褲，腳踏涼鞋的漢生。頭髮又是好久未理，既長且亂，還有一腮幫子未刮的鬍鬚渣子，看得大家都嚇了一跳。

「漢生！來見見秦伯伯和秦伯母。」還是裕德先招呼著說話。他像是已經忘了白天的事，可是我知道他沒有忘。

「怎麼叫伯伯呢？我記得還比你小半年，來！」友寧站起身伸手和漢生熱烈握著：「叫叔叔！長得眞壯啊！現在做什麼啊？」

「開計程車！」漢生像是故意和誰賭氣般的宣布。

大家還是繼續著笑談；可是我總覺得笑聲沒有剛才自然了。

友寧夫婦走後，爲了避免裕德父子間有火爆場面，我獨自到漢生房裡。

「找我爲什麼不打電話呢？」

漢生橫躺在彈簧床上，手臂遮著臉，他看來十分疲倦。

「想看看你住的地方，也想見見海倫，結果沒遇上。」

「我和海倫沒什麼。」

「漢生！」我坐向床沿，溫柔的就像對待初生的嬰孩一樣：「不是媽說你，爲什麼不振作些？做番眞正的事業。像這樣下去，不是辦法啊！」

我等了許久也沒等到回聲，正想著再說些什麼，卻聽見那隻粗壯手臂下藏著一陣唏噓和哽咽。我簡直不敢相信耳朵，心慌意亂的，不知道怎麼是好。我決定就這麼等下去，等他哭個暢快。當他眞正平靜下來，我才湊近他，幾乎親著他的濃髮小心翼翼的問，就深怕問重了會再也沒有了反應。

「什麼事？告訴媽媽好嗎？」

「沒什麼！」他一下子坐起來，偏過臉去揉眼睛，就和小時候在外頭受了委屈回家又不肯說一個模樣。

「聽安妮說，你們有財務上的問題？」

「安妮這女人，碎嘴！」漢生走下床來，找了疊衛生紙擤鼻子：「誰爲這個哪？無聊！」

他雖然不爲這個哭，可是到底還是有著相連關係。我費了很大力氣，總算問出了一點眉目。

「阿陳不知道搞什麼，他三個朋友標走的死會倒掉了。這筆錢我們做會頭的一定要賠出來，問他存的錢夠不夠？他說我們根本沒存什麼錢。上了會，又是油錢，又是保養，又是……呀！反正一團糟，搞得我也沒心情開車，又有人來逼著要錢，阿陳說把車子賣了賠人家，這，這從何說起……」

「那把車賣了吧！」我委婉的建議著。

「賣了都還不夠！……想想眞是窩囊，白浪費我半年的時間，早知道還不如在廣告公司待下去，好歹一個月七千塊錢，結婚總沒有問題？我是天字第一號大笨蛋！無能！蠢貨！」

漢生第二天早上走了，我們都不知道他又去忙些什麼？我和裕德商量結果，是等他賣了車，如果錢還不夠，替他賠上，另外把現在住的這幢二層樓房抵押出去，爲他在忠孝東路開家書店，樓上是咖啡室，隨他意思裝潢成家庭式的風格。問題就在他是不是願意呢？我們都無法確定。而且裕德和我心底都有一樣的矛盾，我們多希望他願意，順順利利的創出自己的事業；可是又眞怕他就這麼同意了！這似乎不像當初那個正義凜然，要奮鬥！要自力！要爲社會做楷模的漢生。

婚事

一

中山北路是臺北的黃金地段，除了幹道上大廈林立商店排列外，就是巷弄裡，也都是些中西餐館，東洋料理店。每當近晚時分，整條長巷霓虹蔽空，光色閃爍，卻是在這人來車往繁華俗麗中，竟然還保留了片燈火昏沉，陰淡寂寞的聖地——一座紅磚木造哥德式建築的教堂。

「這走道起碼要紮六座花門，都用鮮花？」

「鮮花好看嘛，壇桌中央還要一盆紅玫瑰，這麼大一束。」小唐用兩手比了個大海碗的大小：「你可以找個小木桶盛，再貼上紅紙寫明我送的。這樣，一共要多少錢？」

專門承辦婚喪喜慶的花店胖老闆沉吟了一陣，倒不是他一時估不出價來，而是仔細盤算著到底該要小唐什麼價錢？介紹小唐來的是宏泰攝影公司的王經理，那宏泰和花店做的可是長久生意，這面子他是要買的。

「這樣吧，既然是王經理的朋友，自然也是我的朋友，一共算四千塊錢好了！這可是成本啊！」

「四千塊……」小唐搓著雙手，臉上略帶難色的說道：「不能再少嗎？你知道！這不是我結婚，否則該你們賺的，自然由你們賺。這次是我朋友辦喜事，我算是送他的禮，錢是我出啊！嘖！嘖！四千塊？不能再少了嗎？」

「鮮花啦？你找別人估估價，起碼要六千塊啦……」

兩個男人就站在慈祥、莊嚴，伸出雙手撫愛世人的聖母瑪麗亞的聖像下，一會兒頓足跺腳，一會兒髒話連口，不停地討價還價。最後終於以三千五百塊成交了，胖老闆掏出記事本，連連搖頭嘆息：

「幹伊娘！錢不好賺哪！這虧本啊！伊娘！新郎、新娘名字呢？」

「邵詠廉、羅惠楨。」小唐寫給他看了，又掏出自己的名片！「那！不要忘了那盆玫瑰花要寫上付錢人的姓名啊！」

二

第二天一早，小唐趕在上班前到邵家送婚禮當天分發給觀禮親友的聖詩冊。原以為詠廉一定還沒起床，不想他早就穿戴整齊正預備出門。

「做新郎倌真不容易，這麼一早就要開始辦事？買東西？」

「不是啊！陪惠楨鑲牙，和大夫約好九點。」

詠廉接過小唐手裡大疊十六開本杏紅封面絹印著花卉的冊子，翻開來內頁一張薄棉襯紙，鉛字印著「請與我們同在主的面前為邵詠廉、羅惠楨一對新人祈福」，再來才是婚禮程序和頌唱的聖詩。

「怎麼樣？可以吧？」

「唔！很好！很好！」其實詠廉一家都是無信仰者，這次的宗教婚禮只是應女方要求，所以對於聖詩冊子的好壞，他根本就不在意。「很好！花了不少錢吧？」

「談什麼錢呢？老同學了！高中三年大學四年，還沒這份交情？」小唐一副的海派義氣：「對了！教堂布置也談妥了，花門全用鮮花，因為是熟人，算得特別便宜，才五千塊錢。」

詠廉十分感動的伸手拍在小唐肩膀上，半天才想出比較妥當的說辭：

「謝謝你了！小唐！你知道，我們一結了婚馬上就飛美國，什麼都擠在一塊兒趕著辦，我實在也忙不過來，都偏勞你了。錢是一定要算的，就等忙完了以後一起算吧！」

「隨你隨你！忙吧！我先走了，還要上班呢！」

三

惠楨早在兩年前就因爲蟲齲，連拔掉了一顆犬齒一顆大臼齒。因爲怕痛怕麻煩，也爲了猶豫不決是鑲普通幾百塊錢的義齒？還是鑲最好的瓷牙？所以一直拖延下來。好在少了顆大臼齒外人是看不見的，偏右的犬齒也只有在大笑的時候才會明顯的顯露出少了一顆，因此惠楨也就並不很在意。這次是因爲她未來的婆婆——邵太太的一句話，說什麼牙齒不全露個洞漏財啊！惠楨這才下定了決心，既然是邵太太要她鑲牙，而且她又將是邵家的人了，自然這筆花費是出在邵家的，於是惠楨找了所南京東路上最貴的齒科。原來少了一顆牙，需要做成三顆，兩顆是用來套在兩邊完好牙齒上做支柱的。那麼惠楨缺了兩處，自然是需要六顆假牙了。她決定鑲最好的瓷牙，一顆四千塊錢，共是兩萬四千塊，還不包括治療費。

「詠廉！你看這顏色是不是接近我原來牙齒的顏色？像不像眞的？」

惠楨早在一個多禮拜前，就將兩邊的牙齒磨得細小尖銳，等待著套上昂貴的瓷牙。她迎著太陽光，好讓詠廉看得眞確。

「怎麼樣嘛？」

「嗯！不錯啦！」

「再看看！看外面的就好了，裡面沒關係。」

「可以了！花那麼多錢，還有錯的？」

「咦？」惠楨猛閤上嘴，一收下巴，兩眼兇憤的瞪著詠廉：

「你心疼啦？是你媽說漏財的，我可沒說要鑲。」

「誰心疼啦？」

詠廉一看來勢不善，忙賠出笑臉道：「快點裝上，還有好多事要辦呢！」

「不是現在裝喲！試戴一個禮拜後才能固定。」和氣的小大夫連忙過來解釋著。

「一個禮拜？下個禮拜我們就要結婚啦！」

「那你前一天來好了。」

四

「印的喜帖都送來了。」邵太太將正紅燙金字揭頁的喜帖往邵先生面前一遞：「怎麼連個家長的名字也沒有？」

「唉！現在年輕人興這個嘛！他們要自己具名，你有什麼辦法？」

「他們要你就依啊？我就沒見過父母雙全而喜帖上卻只有新郎、新娘的名字，要知道！這是我們請客啊！到時候人家可是衝著我們老爸爸、老媽媽來的。哼！你喜帖這麼個印法，到時候人家怎麼知道是怎麼回事？」

「唉！唉！會知道的。」邵先生搖搖手，掛上老花眼鏡，仔細的將帖子翻看一遍，很嘉許的點頭道：「不錯！印得很大方，許祕書還算能辦事。」

「喂！」邵太太一向這麼招呼丈夫：「你的西裝試了沒有？」

「試了！試了！」

「喂！我的長旗袍明天送來，你看上教堂是穿米色的那件好呢？還是綠綢的好？」

「隨便妳！」

「那就穿米色的，晚上請客再穿綠綢的。其實，我們又不信耶穌，跑去教堂幹什麼都不知道，眞是！嘿！詠珍！」邵太太一抬眼，正好瞧見女兒由飯廳出來。

「妳又吃什麼？不怕胖啊！」

「吃塊牛肉胖什麼？」詠珍一臉不高興的搖晃了進來，其實她是眞胖了點，只是無法面對現實勇敢承認。像這回惠楨請她當女儐相，而不選自己妹妹，也就是中意她的體態笨拙，可以襯托出新娘子的千嬌百媚。偏偏詠珍渾然不覺，還以爲自己是小姑子，理當負此重任。

「人家都不嫌我胖，還要我做伴娘呢！就妳成天說我胖！」

「爲妳好哪！不知好歹。」邵太太沒好氣的白了女兒一眼！「妳的禮服怎麼樣啦？」

「和惠楨約好了，下午去試。」

「惠楨眞的決定租一套五千塊錢的禮服？」

「跟妳說了多少次，是特別訂做的。她穿頭一次，然後再還給店裡。」

「那不是和租的一樣？穿一次五千塊錢？幹什麼呢？有錢沒地方花是不是？人家租一套五百塊錢的不是一樣穿？」

「不一樣！料子不一樣！式樣也不一樣！惠楨說啊，她才不穿人家穿過的衣服呢！」

「穿過的爲什麼不能穿？用我的錢反正她不心疼。像她那口牙，早就該鑲上了，爲什麼現在才拉著詠廉去鑲牙？他們一家人就知道占便宜，要這要那！卻連口箱子也不陪過來，還說什麼現在一切愈簡單愈好？我想著就氣。」

「她家不是也算有點錢嗎？」

「有什麼錢？空殼子！」

「嗯！他們羅家也眞能算計啊！」

詠珍說得興起，不覺也感染上了母親的碎嘴：「趕著二哥當兵回來就結婚，說什麼好一起去美國唸書，其實還不是想省張機票錢。」

「是啊！這下好了！惠楨的飛機票自然又算我們的帳了。」

邵太太和詠珍敵愾同仇的一齊望向邵先生，彷彿他這做爸爸的總該有什麼本事來遏止如此的欺詐。但是邵先生除了深深表示同意她們的憤怒外，也實在沒有能解決事情的方法。

五

西寧南路上有著一整排的結婚禮服出租店，雪白蓬鬆的長禮服包紮得木製模特兒像是豐盛的豪華禮品。這些外包裝雖然看來大同小異，但是粗劣或細緻還是有著很大的區別。這其中一家門面尤其講究，樓上更是寬敞豪華，殷紅地毯，四面的金漆壁飾，除了小試穿間外，像惠楨這樣花大錢的客人，另外還闢有專門的大試衣室，布置雅致，六面環繞著晶亮的落地穿衣鏡，新娘子可以藉著不同的角度仔細審視自己。

惠楨這身禮服，是用法國細紗和上好軟緞縫製的，款式是抄樣於法國最新的新娘雜誌，最別致特殊的設計在於頭紗不同於一般加花冠輕紗掩面的式樣，而且採用整幅白紗四周鑲上花邊，有若一幅大頭巾一樣披搭在頭上，並不遮住新娘漂亮的臉蛋兒。原來惠楨的意思，是希望能保有這套禮服，留做永遠紀念，可是價錢算下來是一萬五千塊，爲了怕婆婆不高興，她只好委曲求全，花五千塊穿頭一次罷！

「詠廉！你看這領口是不是高了點？」

「不會啊！」

「唉！你看不懂！詠珍妳看呢？」

詠珍換上她的伴娘禮服，也正攬鏡巧笑，故作仙女姿態。聽惠楨喚她，才心不在焉的應著。

「很好嘛！」

「是啊！剛好呢！太低了也不好。」服務小姐應和著：「新娘禮服我們都希望做得端莊可愛。」

「嗯？」惠楨又將領口再拉低些，正好露出一點點的乳間溝縫：「我看這樣比較大方。我訂的晚禮服已經是很保守的英國宮廷式樣了，所以這套總可以將領口開低些。詠廉！你說是不是？」

「嗯！」詠廉置身在一屋子女人、女裝間，簡直彆扭透了，只恨不得早些離開：「隨妳！」

醉。

「那就這樣了，領口再低一點。」

惠楨輕盈的打了個轉，四面鏡子立刻亮梭的飛起一片亮麗，她爲自己的美麗、聖潔而陶醉。

由禮服店出來，詠珍將一疊喜帖交給惠楨：

「爸說不夠再回去拿。」

惠楨抽了張出來看看，也沒說什麼。等詠珍才走，她反手將帖子往詠廉懷裡一塞：

「俗氣死了！什麼都是紅的。你不是和他們說要乳白色燙金嗎？」

「印都印好了……白色，年紀大的人，總是覺得不好吧！」

「哼！」

惠楨一路賭氣不跟詠廉說話，回到家就將喜帖攤給她母親看。

「你看嘛！俗氣死了。」

「還好嘛！」羅太太前看後看，雖然不覺得滿意，倒也看不出什麼俗氣！「小姐！你就將就點吧！」

「哼！」

「禮服怎麼樣啦？」

的。

「要改！」

「詠廉的西裝呢？」

「哦！我的沒問題。」詠廉見著這位未來的岳母總是感覺特別拘束，說話也是必恭必敬

「男儐相的西裝顏色是不是相配啊？」

「是，我穿乳白的，勇男我也叫他那天穿淺色的。」

「那就好！」

「好什麼？」惠楨搶著向母親抱怨：「金勇男土得要死！」

馬上要出嫁的女兒總是驕縱專橫的，做母親的卻非但不見怪，反而還特別憐惜她，笑著搖頭告訴未來女婿說：

「惠楨就這脾氣！不過她心底是好的，你以後要多讓著她點。」

「我知道。」詠廉訥訥的應道：「因爲勇男是我大嫂的弟弟，找親戚幫忙總是方便些。」

「找小唐還不是一樣？」惠楨當然知道，小唐比詠廉高出半個頭，當男儐相並不理想，但是她偏要在嘴上逞強：「就你偏要找金勇男，土死了。」

詠廉坐不住，早早告辭走了，惠楨母女親親熱熱的偎在沙發裡，計畫著這次婚禮的未盡

事宜。

「怎麼首飾還沒送過來啊？」

「說明天要去選。」惠楨說著伸出纖細手指仔細端詳著，彷彿已經看見戴著結婚戒指的模樣：「鑽戒是他媽早買好的，大概也明天一起給我。」

「多大？」

「一克拉二。」

「小了點吧？」

「是嘛！還不知道她明天再添些什麼給我呢！」

「嗯！太差了我們不要，又不是沒見過世面的土包子。咦？妳不是一直想要隻玉鐲子嗎？」

「唉！」惠楨嘆了口長氣：「誰知道她捨不捨得？」

「不要金子喲！白金大方。」

「我知道，白金貴，可是他媽媽說黃金保值。」

「保什麼值？沒見過娶房媳婦還這麼小器的。給妳什麼？還不等於仍是他們邵家的。我們又不要他聘金，連酒席也不要他們一桌，還這麼苛刻，眞是！小暴發戶一樣。」

「媽……」

「既然這樣，禮金我們也自己收自己的，免得到時候算帳又糾纏不清。」

「嗯！」

「還有，惠荃不高興妳呢！妳也眞是！自己妹妹做伴娘不好，硬要他妹妹！那麼胖。」

「唉呀！不好意思嘛！」

惠楨嬌痴的揉搓著母親，在記憶裡，除了追述到那久遠久遠以前的幼年時代，母女倆就再沒有比這一刻更親近，更相互了解，更彼此溝通了。

六

邵太太一直認爲，給新娘子一隻市價將近十一、二萬的鑽戒，已經是很了不起的手筆了，而且他們羅家又沒有任何陪嫁，所以她根本就沒打算再給新娘子多置辦首飾。這趟領著兒子和惠楨上銀樓，也不過想著一人給揀一隻金戒指，再給新娘子買對金鐲子和金鍊子，也就足夠了。

「你們看這副鐲子怎麼樣？工挺精細的呢！」

惠楨嘴角凝著僵硬的微笑，假裝漫不經心的看了眼鐲子：

「我不喜歡這花紋。」

出了銀樓，趁著邵太太走到前面，惠楨扯了詠廉一把：

「我不要金的，戴著多土啊！你媽總給我看些又細又沒有重量的便宜貨，幹什麼嘛！不買就算了！我才不戴那種沒見識的東西去丟人現眼呢！」

「唉呀！隨便買隨便戴！你要好的，等我有錢了再給你買。」

「哼！」

惠楨一甩手，噘著嘴自己走到一邊去了。

最後還是邵太太作主，給他們一人買了一隻金戒指，另外給新娘子一隻配鑽戒戴的白金戒指，一對八錢的金鐲，一條六錢的金項鍊。

惠楨一肚子委屈，不敢明說，只兩眼不時白著詠廉。

中飯三個人找了家茶樓胡亂吃了頓。惠楨忍不住，當著邵太太，有意的向詠廉說道：

「小芳結婚你沒去喔？才好玩呢！戴了六條金鍊子，三對鐲子，她說累死了！我說妳不會少戴一點？她說不行啊！她婆婆是要面子的人。」

「嗯！……」詠廉只管把個蝦餃塞進嘴裡，裝著沒空回答。

「哼！」倒是邵太太飲了口茶，慢條斯理的下了個結論：「鄉下人吧？」

下午詠廉和惠楨要去取禮服，邵太太不放心他們買的貨色，硬要跟去瞧瞧。一看之下，她果然很不滿意：

「怎麼又是白色？送客穿的旗袍已經是淺顏色了，怎麼又選這樣的顏色？」

「媽！旗袍是淺青的。這是奶白色。」詠廉糾正著她母親。「大熱天的，這不是比大紅大綠清新嗎？」

「不行！不行！哪有新娘子穿得那麼素的？另外再選一件，這，不行啊！」

「可是已經給訂錢了。」惠楨一派胸有成竹的氣勢，得意的站在一角。

「付了多少？」

「一套六千五，小姐已經給過三千了。」店小姐忙說道。

「什麼？這樣的料子粗巴巴的要六千五？你們也眞不會買東西。」

「太太！我們這是舶來品啊！」在場的也只有店小姐是可以和邵太太頂嘴的。

既然付了訂金，自然是退不得的，邵太太只好付了剩下的三千五，可是愈想愈不對勁，最後只好忍痛決定再給惠楨買套紅色的禮服敬酒時候穿。

惠楨倒不反對再爲她添件新衣服，可是料子、式樣她是一定要自己看得上眼的。果然，邵太太總勸她買些化學纖維有如尼龍睡衣般料子的紅禮服，可是她堅持要一套港貨的紅緞繡花新娘子裙襖。

最後是邵太太腿痠腳麻，全身發軟，只得服給未來的媳婦，付錢買了那套繡花裙襖，不過嘴裡仍不忘嘀咕。

「早知道從香港帶回來，哪要這麼貴啊！」

七

晚上詠廉陪惠楨去買捧花，看鞋子，一路上惠楨便不停的譏笑他們邵家刻薄、小器。詠廉一天受夠了惠楨的白眼，覺得自己委曲求全已經窩囊透了，實在是忍無可忍！

「幹什麼嘛！妳！煩不煩？」

「你嫌我煩？好！我還沒嫁給你，你就已經嫌我煩了。」惠楨灰了臉，站住腳再也不肯往前走。

「那妳到底要怎樣？」

「我要怎樣？我什麼也沒要，我們沒要你們邵家一文聘金，連酒席也不曾吃你們一桌。你媽他們不會不懂這規矩吧？女方的酒席由男方請是天經地義的事，可是我們羅家不要，你說我還要了你什麼？」

「好！你們要酒席，是規矩是不是，我現在就打電話回去說。」

詠廉也是氣瘋了，抓起路上公用電話就撥回去說了一大套。惠楨又羞又急，死命搶下話筒，才想辯白兩句，卻聽那邊邵太太的聲音。

「什麼？我們請酒？人家請女方也只請至親好友，像他們阿貓阿狗全請了來，一開二、三十桌，我們憑什麼要請？不想想，她鑲牙花了我們多少錢？結了婚去美國的機票還不是我們出？還有……」

惠楨淚水像泉湧一樣的汩汩往外滴，想說什麼，喉嚨卻塞滿了氣憤吭不出聲。她扔下話筒，轉身就攔了輛計程車。詠廉搞不清發生了什麼事，追了兩步，只見計程車飋的駛進中山北路的霓虹閃爍中。

惠楨沒有直接回家，她在巷口下車撥了通電話給邵太太：

「伯母！我已經決定取消這次婚禮了，我受不了，受不了一切。」

「喂？喂？爲什麼啊？」邵太太多少有些心虛，剛才的話是不是給惠楨聽見了呢？「喜帖印好了，酒席都訂了，這是幹什麼呢？妳給我叫詠廉聽電話。」

「我沒有和他在一起，我已經決定了，明天我會叫人把那些首飾給妳送去。」

「你們又不是一年兩年的，到底爲什麼？」

「反正我已經決定了。」

「好吧！隨妳！」

邵太太最後不耐煩的「砰」的掛下電話，惠楨更覺得委屈難當，淚水不停。可是才轉身，卻被隻手掌扣牢了。

「惠楨！妳這是幹什麼呢？」

「我沒幹什麼。」惠楨決絕的甩開詠廉的手：「我已經打電話給你媽媽了！我們取消婚事。」

「妳！」詠廉眼睛充血，幾乎要對惠楨撲上去般：「妳這是什麼意思？這麼多年了，難道都是假的？」

「什麼眞的假的？我長這麼大，就沒做過假事。」

「那妳現在什麼意思？」

「我受不了了。說我鑲牙花你們家錢，去美國花你們家錢，我跟你姓邵，跟你去美國，難道你們不該給我買飛機票？好了！好了！一切不談了！我再也受不了了。」

「妳受不了這個，受不了那個，那我怎麼辦？我們怎麼辦？」

「我不管！」

「不要孩子氣！」

詠廉握住了惠楨那細柔的手掌，輕輕的，一下又一下的捏撫著：「我們的日子還長著，不爭這幾天是不是？往長遠想，眼光放遠點！我們還有幾十年要親親密密的在一起過的，不要爲這些小事破壞了它，好不好？嗯？我可愛的小妻子。」

惠楨不由自主的又投身在那有著她熟悉的汗臭味的臂膀間，到底他們相戀了這許多年，吵吵鬧鬧都是假的，只有他們相愛是千眞萬確的。

八

「哼！我還以爲她眞不嫁給我們詠廉了呢？憑我們詠廉什麼樣的好女孩找不到？要不是爲了詠廉要出國念書，我根本就不答應他這麼早結婚，男孩子急什麼？」

邵太太似乎一直不甘心就這麼把個成材的兒子便宜給別的女人，邵先生雖然了解這是太太的褊狹心理，可是多少心底也有點同感，只是嘴裡不說罷了。

「算了！都已經決定了的事，快點幫我把領帶找出來。」

「你這去請王董事長，他到底會不會來呢？」

「我想會吧！只是不請人家證婚，眞不好意思。」

「就是嘛！硬要什麼宗教結婚，我們又不信教。眞是，都是你要答應他。」
「女方一定要，你不答應行嗎？」
邵太太幫丈夫穿上西裝，又想起事來告訴丈夫：
「金家送禮來了，你看明天安排他們坐哪兒啊？」
「你看吧！好歹是老大泰山、泰水，也不要太冷落人家。」
「誰冷落他了？只是金家也眞是土得可以，老大媳婦每個月由美國寄美金回去，金老頭卻還是連套像樣的西裝也沒有，眞是！就不知道老大怎麼給我們找的這一門親戚。」
「不要嘮叨了，看看我領帶結正了沒有。」

九

婚禮當天是個大好天氣，可是跌撞而來發生的頭一樁不愉快事件，便是金勇男穿了身格子西服，和新郎站在一塊簡直唐突滑稽。
「也沒辦法！算了！算了！」
邵太太和詠廉都很不高興，可是事已至此，也沒別的法子好想。
下午金勇男陪同詠廉去羅家迎親，小唐也跟了去負責照相。卻是坐了一個半鐘點，仍不見新娘子回來。

「化妝要那麼久嗎？」新郎倌心理負擔沉重，緊張得不得了，待在羅家客廳裡，坐也不是，站也不是。

「明明知道還要去照相館的，這下怎麼來得及呢？」

當新娘子粉臉紅腮藍眼圈的由詠珍陪伴走進門的那一刹那，詠廉幾乎不相信那眞是惠楨。

「怎麼樣？」惠楨問著。

「好看。」

除了詠廉，大家都這麼說，可是沒有誰是眞正關心的，羅太太、惠荃、詠珍忙著爲新娘子穿禮服，羅先生忙著和新郎寒暄，小唐忙著移桌子動椅子準備拍照，金勇男跟前跟後也顯得忙亂。最後新郎、新娘在一長串鞭炮聲中走出了門。

相館是早約好的，可是因爲詠廉他們遲到，所以由另一對新人先拍。惠楨噘著嘴，詠廉急得團團轉，解下領花指著新娘抱怨：

「都是妳！不準時！這下好了，起碼遲到一個小時。」

新人趕到教堂，比預定時間晚了四十五分鐘。詠廉一眼就瞧見父母不悅的臉色，惠楨卻只看見她母親爲了她出嫁而兩眼微紅。奏樂後司儀宣布典禮開始，詠廉根本沒有宗教信仰，只是由人在聖壇前擺布；惠楨雖然也只是偶爾跟隨父母出入教堂，但是她很滿意自己能在莊嚴的宗教氣氛中，由牧師福證完成婚禮。

當大家爲了新郎新娘唱聖詩和以弗所五章二十二節至三十三節——你們做妻子的當順服自己的丈夫，如同順服主……你們做丈夫的，要愛你們的妻子，正如基督愛教會，爲教會捨己……惠楨當眞面對著小唐不停閃爍的鎂光燈，感動得流出眼淚。

十

晚上酒宴設在天富樓。新郎新娘在客人未到前便趕來了，負責女方收禮的惠荃一臉訕笑的望著全身繡花紅緞的惠楨：

「怎麼這麼早？」

新娘子寒著臉，一聲不響拉過妹妹走進休息室，順手重重把門拴上，正好將新郎倌鎖在外頭。

「妳不知道他們家有多可惡，連冷氣也不肯開。我穿了這麼密不透氣的衣服，身上淌水一樣的滴汗，再不走，臉上化的妝都花了。」

邵先生偕太太不久也趕到了天富樓。邵太太對於媳婦才進門便又急著出門，感到十分不滿，背後一再和丈夫嘀咕，碰見早到的金親家母，雖然平日少來往，可是也成了她抱怨的好聽眾。

「才進門就要走，這還算是我們邵家的媳婦嗎？說什麼蜜月後就要去美國了，不需要準備新房，住旅館就行了。好！就依他們，現在行了禮讓她在家裡坐坐，也坐不住，偏要到飯店來坐著，妳看像話嗎？」

金太太是老實人，碰上能說會道的親家太太，只有點頭的分，也暗自慶幸自己女兒當年一定沒有犯過如此的錯誤。

六點以後，客人愈來愈多，邵太太忙不歇的招呼應酬，最後還叫出詠廉說：

「你的朋友我們一個也不認識，你自己招呼吧！」

新娘子獨自守著休息室，自然不痛快，逢人便說：

「也沒見過有新郎站在外面總招待的。」

邵、羅兩府訂的酒席桌次多，佔了個正廳；另外一府人家則在邊間擺酒宴客。於是酒樓入口就有那府的一張收禮桌，和邵、羅兩家各擺的收禮桌。雖然都寫明了姓氏，可是仍有那些糊塗客人會把禮金送錯了地方，不是根本送到不相干的別家去了，就是女家客人送錢進了男方帳簿，再不就是男家客人將禮金入了女方帳簿。總之，場面紊亂，邵太太、羅太太見人便抱怨，兩親家上了席面仍是兩眼直瞪，互不言語，宛如三代仇人般。

第一道菜四個冷盤，也就在一片雜遝中上了桌。於是鬧酒的鬧酒，吃菜的吃菜，也有那種不得志的親戚朋友，不吃不喝，竟管扯著人訴苦。

酒宴中，特地請來的王董事長起立講演，卻是除了邵先生和邵太太外，誰也不曾注意去聽，就連新郎、新娘也只忙著進出休息室，更換一件又一件的晚禮服、長旗袍亮相。

十一

連最後的幾位至親友好也散盡了。酒樓大廳一幅遭受洗劫的場面，桌椅凌亂，杯盤狼藉，一地骨屑殘餚。一些穿制服的服務生來回穿梭收拾清理著，就是很難讓人相信，那片油膩髒亂是可以清潔的。

大廳裡唯一剩下的客人，便是邵家全府。邵太太領著詠廉站在櫃臺邊對帳，付款，惠楨穿的翠青長旗袍因爲做得緊窄，人根本不容易坐下，只得前後走走，偶爾陪著詠珍笑語兩句。

卻不知道詠廉和邵太太怎麼拌起嘴來，只聽邵太太大著嗓門告訴兒子：

「我哪裡還有錢？你沒看見收的禮剛才不是都付了酒席錢？」

邵太太積存了一肚子火氣，這下子全抖落出來。誰都知道，這次婚禮她收的禮金絕不只剛才付出的酒席錢，不過她心底又何嘗不明白，新娘子私藏的一筆禮金也不在少數，爲什麼還要她老媽媽再拿出錢來給他們快樂蜜月旅行呢？

「媽！」詠廉鐵青了臉，他似乎一直就扮演著眞正受難者：「那我們還要不要去蜜月旅行？」

「那你叫我怎麼辦？拿根繩子勒死我？」

到底是邵先生看不過去，嘆口氣揮揮手說：

「鬧了一天還不夠啊？給他們早走早清靜。」

「哼！」邵太太悶吭一聲，由箱子裡抽出一幅喜幛，扔給兒子，那上面的雙喜字是用百元鈔票別成的：「只有這裡了。」

喜幛給邵太太摜在地上，詠廉面對著自己母親，簡直不知道該怎麼處置如此的不堪。最後還是詠珍拉他蹲下，將鈔票一張張取下來。惠楨原來一直站著旁觀，後來發現邵太太不時拿眼睛瞪她，於是她索性也撩起旗袍蹲過去幫忙。

十二

一個禮拜後，臺北國際機場上，一幅感人的離別場面。婚禮的彆扭雖然沒有完全冰釋，可是邵太太想著又是一個兒子將要離她遠去，也就只顧著傷心流淚！羅太太這是頭一次親人出國，感覺有如生離死別，摟著女兒痛哭不已，兩位老先生雖然不曾老淚縱橫，可是也一樣心懷惆悵，不時低頭嘆息。

小唐仍負責照相，這裡一張那邊一張，忙碌非常。詠廉抽了個空檔，拉他到一邊，熱烈握著好友的手，感激的說道：

「一切都多虧你了！不但費心費力，連帳都還是由你先墊上的，我眞過意不去。」

「哪兒的話！自己人還說這……」

「不！不！」詠廉不等他說完，塞了隻信封口袋過去：「又是禮堂布置，又是照相……我也不細算了，大概就這樣吧！」

「這……」

小唐待還要推讓，詠廉忙擺下臉道：

「再這樣就不夠朋友了。」

這送行的行列，一直就站在觀望臺上目送著詠廉和惠楨歡歡喜喜的步進了機艙，才戀戀不捨的各自散去。

小唐第一個走出機場，攔了輛有冷氣的計程車。他取下肩上的相機，舒展了筋骨，這才掏出詠廉硬塞給他的信封口袋，正好是一萬塊錢。這回，他十足的對賺了一筆。

廉楨媽媽

南茜是我的一位美國籍朋友，她八年前攻讀社會學碩士學位時，認識了當時也正在伊利諾苦修電機工程博士學位的傅成，也就是她現在的丈夫。

去年年底，傅成受聘返國掌理一家中美合資的電纜公司，南茜隨丈夫來到臺灣，第一次見著了她的婆婆廉楨女士，以後南茜就一直用著不太準確的國語發音叫她廉楨媽媽。

關於廉楨媽媽的事，正是南茜親口向我陳述的。

一

廉楨媽媽生於民國八年五月四日，那是中華民國一個值得紀念的日子，所以在她懂事後便不肯再依舊例過農曆生日，而堅持要以陽曆五月四日爲生辰紀念。通常結了婚的中國女人，尤其到了廉楨媽媽這樣的歲數，誰也不再記得她原來的名姓，而只稱她某太太或某夫人。但是有一回，我聽見廉楨媽媽嚴厲的告誡一位親友說：

「不要稱我傅夫人，我不再姓傅了。我沒有自己的名字嗎？叫我廉楨，再不然叫我廉老師也好。」

廉楨媽媽從前在北平唸大學時選的是西畫組，來臺灣後卻開班教授一些閒極無聊的闊太太畫水墨畫，所以她自稱廉老師也並無不妥。至於她爲什麼不肯再隨夫姓？原來廉楨媽媽和我公公正在鬧分居呢！

聽我丈夫說，爹地傅從前曾是政、教界很顯赫的人物，現在年紀大退休了，幾家公民營公司的董事職位都不過是閒差。不過他卻是個十分懂得自得其樂的人，平日臨帖賦詩，宴飲作對，不抱怨也不嘆老，只是半年前認得了一位新離婚的女人，從此竟認真的說要把那個女人接回家來住。廉楨媽媽和爹地傅當年也是反抗傳統，自由戀愛結婚的，感情不能說不好，只是三、四十年的適應，早已經彈性疲乏，少了緊張的韌性。平日裡恬恬淡淡，現在臨到事故，廉楨媽媽再要暴跳，卻也來不及了。廉楨媽媽一氣之下，攜出了爹地傅全部珍愛的古玩字畫，搬進敦化南路一所大廈，賭氣說從此不再姓傅，也不准任何人再在她面前提起爹地傅。

那時候正值傅成和我返臺，廉楨媽媽對我極好，授畫餘暇常領我上外雙溪故宮認識中國古代文化，陪我遍遊北部名勝古蹟。我們相處融洽，很快便建立起了超乎婆媳關係的親密友誼。

以後我便成了廉楨媽媽畫室裡的常客，那是所精緻小巧二十坪大小的套房，前面充作畫室，後面是臥房，門口釘了塊饒有古意的銅匾，上面鑄著「廉楨畫室」四個大字。後來我又建議她加上一行英文，以便再吸收些外籍學生。

我對中國文化一直是極其傾慕而感興趣的，去了幾趟廉楨媽媽的畫室，我更深深愛上了那些黑白濃淡、清雅有致的山水，還有色彩古意的花卉、蟲鳥。雖然我對水墨畫了解不多，更談不上鑑賞，但是我仍憑著直覺的喜好，推崇廉楨媽媽是一個有著中國風味的藝術家。

「唉！藝術家？有時候我還覺得自己只是個畫匠呢！」廉楨媽媽自嘲的搖搖頭。

「不！我覺得妳的畫好極了，我好喜歡。」

我是眞心的喜歡著廉楨媽媽，甚至就將她認做是整個中國。我不願意見她爲了丈夫外遇而頹唐、喪氣，也不以爲傳成只勸她回家和爹地傳妥協是辦法。我覺得廉楨媽媽需要的是生活信心，我要幫助她。另外，那時候我已經懷孕，相信一個即將到來的生命，對她也將是一種鼓舞。

廉楨媽媽除了教畫以外，她幾乎從不關心外面世界的任何變化，我勸她一同參與臺北的藝術活動，譬如觀賞中國現代舞蹈，聽中國現代音樂發表，民謠演唱，上畫廊認識新一代的畫家和作品……以增進生活情趣。

不想在這些活動中，廉楨媽媽竟然遇著了一些老朋友，她很驕傲的將我介紹給她的朋友。他們大多是些已成名的藝術家，有理想，有抱負，尤其對待異國朋友熱情、尊重。從此我和廉楨媽媽經常受到他們的邀請，參加一些文化圈的聚會，也認識了更多的朋友。

我們經常因爲中西文化交換意見，談傳統與未來，討論現代藝術形態的變遷……廉楨媽媽因爲年紀最長，很受尊重，她的意見和畫，也都是大家所推崇和讚美的。友誼和充實精彩的生活，使得廉楨媽媽變得積極有生氣，她煥然變了一個人，一掃老態，我眞是爲她高興。

但是對於我和廉楨媽媽這樣的交遊，反應最奇特的是我的丈夫。他去國十多年，回來後對於臺北的繁榮進步，似乎還不及從他母親身上發現改變來得驚訝。他在我們唯一共處的早餐桌上，說：

「媽媽最近變多了。」

「嗯？」

「昨天我去畫室，好像看見她點菸，她從來不抽菸的。」

「不！她不是抽菸，她只是喜歡說話時候，點著香菸看它煙霧裊繞。不是很有趣嗎？」

「我正是爲這奇怪。菸不抽，只拈在手上？」

「這有什麼奇怪的？」

「我是擔心父親的事情對她刺激太深，她現在這麼好的興致是反常現象。還有，南茜，妳以後不要隨便給媽媽出主意好不好？」

「什麼？」

「譬如她的打扮！我看不慣。」

二

其實廉楨媽媽的打扮並沒有什麼特別值得驚怪的地方，我只不過建議她嘗試穿著色彩較鮮麗，款式較新穎的衣服；臉部化妝應該著重眼部，銀褐色的眼影十分適合她這樣的年紀和身分。另外我送給她兩張全開的瑪莎格蘭姆大幅海報照片，廉楨媽媽將它們貼在臥房裡，從此就以這位年過八十的老太太爲標的，走在人前腰幹挺得老直，精神抖擻，就連她皮膚上那些再也抹不去的，屬於老年的斑點，也是水墨飽滿信心十足的。

至於戴沂的事情，是這樣發生的。

那天下午，我們應一位主持著一所畫廊的方女士邀請，去參觀她長公子的攝影個展。廉楨媽媽特地穿了一襲紫金絲絨寬腰身曳地長袍，袍面上綴滿了以金線鉤織成的牡丹花卉，一朵朵飛揚跋扈，怒放爭豔，再配上暗金色眼部化妝和金屬耳墜、手鏈，她的出現自然十分引人矚目。

方女士首先迎上來招呼我們，說了許多感激的話，又讚美廉楨媽媽的衣飾漂亮。

「我對攝影是外行，」廉楨媽媽客套的說著：「不過看這樣的光影用法和構圖，我想已經是國際水準了。南茜，妳說是不是？」

我點頭微笑。那些攝影作品，雖然不一定是什麼國際水準，不過卻有濃厚的鄉土氣息，主題都是著重在舊式的農村生活，看了很使人感動，能引發懷古思舊的情緒。

當我們環繞會場一周後，廉楨媽媽說要告辭了，因爲我們另外約人在家裡打麻將呢！就在方女士臨送我們出會場時，我聽見身後有相機拍攝的嗞嗞聲響，回臉只見是個白衣裝束的俊美少年，他長髮烏亮過耳，全部妥貼的梳向耳後，皮膚白皙整潔，五官更是清朗出眾。尤其是眼睛，亮爍有神，使人不由得將那雙眸子和他手上漂亮的 Nikon 黑體相機晶瑩的鏡頭連想成一體，他們給人的感覺都是那麼冷靜，不帶任何感情，卻可能反映出令人狂喜的創意。

「戴沂，這是廉老師，你……」

俊美少年似笑非笑的點了個頭，原以爲他要走上來的，不想卻是個轉身，他很快的走開了。方女士尷尬的連連道著歉：

「這孩子脾氣彆扭得厲害。」

「幾歲啦？」廉楨媽媽問道。

「快二十了。叫戴沂。」

「長得眞是……眞是端正。」

「不愛念書，就是喜歡照相，居然有人說好呢！我就半信半疑，爲他辦了這個展覽，他還老大不樂意呢！」

「年輕人嘛！」

回家路上，廉楨媽媽幾次提到戴沂，我也誇他好看，說像是在什麼地方見過似的。

「哪兒呢？」廉楨媽媽十分關心的問著。

「哦！我想起來了！像極了！好像我在歐洲見過的一座少年裸體雕像，一樣的眉眼，一樣的俊秀，只是戴沂的美是一種純東方式的。」

廉楨媽媽若有所思的長唔了聲，突然說道：

「他爲什麼一直衝著我拍照呢？」

我愣了一下，倒想不起戴沂剛才是否掀著他的相機，只爲了廉楨媽媽，不過我知道他鏡頭的方向確實是直衝著我們這邊的。

以後有好長一段日子，我因爲懷孕腹部已經十分顯著，不方便出門，於是轉移了對中國藝術的熱愛，而喜歡上了中國麻將。至於那個叫戴沂的俊美少年，便老早忘於腦後了。

一天，還是廉楨媽媽在牌桌上提起：

「南茜！妳記得戴沂嗎？那個很漂亮的孩子。」

「嗯！記得。」

「我昨天又看見他。」

「在哪裡？」

「美欣飯店。」

「誰啊？」

坐我下風的一位胖太太好奇的問著，廉楨媽媽似乎不願意講明，說：

「一個朋友的孩子。」

我想起昨天是爹地傅的祕書打電話給廉楨媽媽，想來取回兩件爹地傅心愛的字畫。廉楨媽媽約他到美欣飯店談判，就不知道結果如何。在牌桌上我也不方便問，等打完剩下的八圈，牌友都散了，我正想發問，廉楨媽媽卻突然提議道：

「大後天，我們去北港逛逛好不好？那裡大拜拜，迎媽祖，很熱鬧的，值得去看看。」

廉楨媽媽似乎爲了說服我，還很用了一番功夫，她取出許多的中英文雜誌，翻到有關農曆三月四日到十二日，大甲媽祖回北港的一系列專題報導。那些圖片非常引人入勝，成千成萬的人潮，虔誠膜拜的民眾，成列成隊進行的民俗表演、宗教儀式……可是當我知道北港並不是一天能來回時，不由覺得爲難了：

「太累了吧？廉楨媽媽。」

「坐莒光號火車很舒服的，我們盡量少走路，在嘉義住一晚，第二天包車子進去，一定沒關係的，而且醫生不是說孕婦要多活動嗎？」

「可是……」我輕撫著日漸隆起的肚子，實在懶得動彈得很。

「機會很難得，不去眞可惜。妳記得上禮拜和我們打牌的黃先生嗎？他是C大藝術系教授，那天不是也說要帶學生去北港嗎？」

最後我給說服了，我願意我那未出生的孩子去接受中國神靈的保祐。

臨走才又想起，廉楨媽媽昨天的談判結果到底如何呢？

「妳答應把字畫還給爹地傳了嗎？」

「不！」廉楨媽媽斷然的說：「憑什麼要還給他呢？」

「可是如果他堅持要呢？」

「不要管他！南茜！我告訴妳一件事，」廉楨媽媽顯得很神祕，可是眼神裡又偷偷閃爍著欣喜……「我又看見了戴沂那孩子。」

「妳剛才已經告訴我了。」

「妳去過美欣飲店頂樓的咖啡室吧？」

「是啊！」

「它右邊正好是溫水游泳池，他去游泳。」

「戴沂？」

「是啊！」

我爲廉楨媽媽歡喜的情緒感到狐疑，更不知道她爲什麼要告訴我她看見了去游泳的戴沂。

三

傳成不贊成我們去北港，他說我懷著身孕，廉楨媽媽又上了年紀，朝天宮又是觀光勝地，旅館少設備差，人家拜拜去的根本步行、睡露天，我們去湊什麼熱鬧呢？到時候連個住宿的地方也沒有，就是吃東西、坐車也不是容易的。

「你去過嗎？」我好奇的問他。

「我……」他有些支吾著：「我倒是沒去過。」

「你不是信佛教？」

「這……說不清楚的，以後再告訴妳，反正我勸妳不要去，人家是誠心誠意去拜拜，不是什麼好玩的盛會。」

「我也是誠心誠意去了解我丈夫國家的文化、習俗，而且我希望我的孩子也能受到中國神靈的保祐，因爲他也是中國人。」

「唉！」傳成說不過我，只好揮手說：「隨妳！到時候沒吃沒住，連車也擠不上去，可不要怪我沒告訴妳。」

聽傳成這麼一說，我又覺得有些擔心了，便和廉楨媽媽商量。廉楨媽媽卻不以爲然，她只叫我別理傳成的胡扯。

「可是他說眞的會沒吃沒住連車都沒有。」

「嗯……到時候人一定很多，也有可能，乾脆我們自己開車去好了。」

「我？」

「當然是帶個司機，路上也有照顧。」

傳成對我們勸說無效，只得派了司機林開他新添的賓士車送我和廉楨媽媽南下。一路勞頓，當晚我們住宿在嘉義，旅館是舊式樓房，木板隔間，採光不好，一切都顯得髒亂、不方便，問司機林為什麼選了這麼一家，他說只認識這裡。

晚上睡在床上，隔壁有一點動靜都能清楚的聽見，有男人、有女人、有嘻笑，直到半夜。好不容易矇矓睡著，可又給蚊子咬醒，心煩得厲害，這才後悔沒聽傳成的勸告。等預備再熄燈睡下時，卻聽有人敲門，是廉楨媽媽！

「南茜！妳還沒睡？」

我為她開了門，抱怨這裡的蚊蟲，廉楨媽媽取出白花油要我抹上，卻仍無意離開。她朝牆角唯一的一隻小沙發上坐下，說：

「妳也睡不著啊？我們聊聊吧！」

其實在這樣的夜晚，除了抱怨旅館設備的簡陋外，也實在想不起還有什麼可以聊的了。兩人半天的沉默，在夜裡特別令人感到不安，我努力想著話題，最後還是廉楨媽媽先開了口：

「那個孩子真的很像妳在歐洲見過的一座雕像嗎？」

「妳是說……」

「戴沂啊！那個很漂亮的男孩子。」

「哦！是的。」

「妳看是石像好看呢？還是人好看？」

「這，不能比的，戴沂是有眞實生命的。」

「對了！他眞是有生命的，活生生的，眞奇怪，我看別人都沒有這樣的感覺，只有看到他，就覺得他才是眞正有生命，是活生生的。那天我看見他游泳呢！像條矯健的活靈靈的魚一樣。我活了這麼久，還沒見過這麼漂亮的男孩子，眼睛像有許多話要說一樣，說不出的嫵媚。中國人說男孩子是不興說嫵媚的，可是他那種細細長長的眼睛，除了用嫵媚，我都不知道該怎麼說了。」

看廉楨媽媽那副迷惑的表情，我覺得自己原來並不了解她，她到底在想什麼呢？那個俊美少年對她有著什麼樣的意義呢？一個活了六十年的人，不算短的生命歷程，她到底迷惑些什麼？想些什麼？

第二天清早，天都還未亮透，司機林便駕車載我們往北港。出了嘉義以後的路是一段柏油馬路一段石子路，顚顚簸簸的走著，而且兩步一停，三步一頓，因爲路上擠滿了大大小小、各式各樣的車輛，還有緩緩挪動穿梭的行人。大家在這清冷的曙光裡，是那麼整齊的朝著同一個方向前進。

車行一個多小時後，司機林指著路邊停放的長龍車隊說：

「我看得下來走路了，再過去可能沒地方停車。」

我們三人雜擠在人群中，順著人潮移動，根本不用擔心會走錯了方向。我對身邊淳樸土拙的面孔，和他們的衣飾及手裡拿的紙旗、祭品……都感到有趣；而他們對我這樣一個褐髮藍眼高大的外國孕婦，似乎也十分的好奇。所以一路上我倒是並不寂寞的東張西望，或是任人打量。而對這麼一趟遠行感到最不滿的，是司機林，他幾次說：

「這種熱鬧有什麼好看的?搞不懂。」

廉楨媽媽一直很少說話，看得出來，這樣的場面對她來說是比我還吃力的。

要挨近那堵紅磚木雕梁，古意莊嚴的朝天宮，簡直是不可能的事，人貼著人移動，擠擠撞撞，但是每個人臉色興奮卻意態平和而虔誠，到底宗教式的集會和一般擁擠是截然不同的。十點多鐘，廣場聚集的上萬民眾，終於望見他們期盼良久的媽祖座轎，幾乎是不約而同的，人們手搖符旗，由前往後，一層一層的全部俯地跪倒。

廟裡鼓樂不斷，幾近數萬的信徒在和煦日頭下膜拜唸禱，我為這從未見過的場面所激動，幾乎眼眶潤溼。也就在這麼一瞬間，我彷彿已經更深一層的接近我心嚮往已久的東方神祕文化。我急於要將一些感觸告訴廉楨媽媽，但是回頭，卻發現她不見了。

如果廉楨媽媽只是和我們走散了，倒不叫人著急，因為地方不大，待人潮散去極容易尋找的。但是偏偏廉楨媽媽是向司機林拿了車鑰匙，連同傳成嶄新的賓士轎車一道失蹤了。

「廉楨媽媽又不會開車，她要車鑰匙幹什麼？」

「老太太說遇到了一個朋友，借車子出去找點東西吃。」司機林說。

「什麼朋友？你看見沒有？」

「遠遠看見老太太和一個年輕男孩子說話，不知道是不是他？」

「什麼樣的男孩子？」

「看不清楚，反正很年輕，二十歲上下。」

「有沒有說什麼時候回來？」

「沒有。」

我和司機林就這麼在朝天宮外直待到下午三點鐘，再無心觀看什麼熱鬧。最後我實在站得兩腿發軟，建議司機林回嘉義旅館去看看吧！

「不可能，臨走帳都結了，老太太不可能回去的。」

「說不一定，她以爲我們在那兒等她。」

「我猜他們也許車拋錨了，」司機林說著又搖搖頭：「不可能！那麼好性能的新車，再不就跟人撞上了，我們沿路看看也好。」

司機林極不容易的交涉到了一輛計程車，我們一路回嘉義，卻連那輛暗藍色賓士的影子也沒見著。

又在嘉義度過一晚，第二天由旅館幫著買了兩張莒光號車票，我和司機林這才精疲力竭的坐上北上的火車。一路上我都在想著那個男孩子是誰？戴沂嗎？前天夜晚廉楨媽媽便提到過他，難道說他們約好了？再不就是廉楨媽媽知道他也來？

火車過了臺中已是下午，太陽暖洋洋的映著那片耀眼的蔚藍海洋，晶亮閃爍。恍惚中，我好像也看見了那個俊美的少年戴沂，他赤裸的奔跑在那片金黃的沙灘上，他的肌膚白皙瑩潔，彷彿是一種透明的顏色，他淺淺淡淡冷冷的笑意，正是我在歐洲見過的少年石像的模樣。突然間，石像也活了過來，他躍進海水，眞是條矯健的魚。

四

我的丈夫似乎並不擔心他的母親，但只是十分光火廉楨媽媽同一個年輕男人開走了他心愛的賓士汽車。整個晚上他焦慮的撥電話召集手下要尋回車子，卻對廉楨媽媽隻字未提。

「放心好了！」我安慰他道：「車不會有問題的。」

「不是車！」傅成幾乎是咆哮著對我說：「她怎麼可以和一個年輕男人一起開著我的車失蹤了呢？」

「也許是朋友吧！」

「朋友，扔下妳，兩人失蹤了，妳知道人家會怎麼說嗎？」

我不明白一向冷靜鎮定的丈夫，爲什麼會爲了這麼件平常小事氣惱，難道他還以爲廉楨媽媽和戴沂會有什麼曖昧嗎？我這樣問他，不料他更加的暴跳了！

「不要隨便說話！我沒有這個意思，我只是不希望聽人家說閒話。」

車子第二天上午由司機林開了回來，不是誰找到的，而是廉楨媽媽掛電話回來說車在大廈底層的停車場裡。傅成得了消息立刻趕到廉楨媽媽的畫室。我去了剛巧晚傳成一步，進門便聽見他們已經有了爭執。

「這傳出去像什麼話呢？妳也該爲我和爸爸的面子著想。」

「我爲什麼要替你們著想，你們替我想過什麼？」

「媽！妳這麼說是不公平的……」

「到底是誰不公平？」

「妳一直打斷我的話，叫我怎麼說呢？」傅成臉色通紅，情緒顯得激動，叼著菸斗繞著畫室裡習畫的長桌子直打轉，看見我進來就像沒見著一樣。

「好了！好了！你可以走了，不要直轉，轉得我心煩。」

「媽！妳就聽我一句，不要做什麼事落了人家口實，妳知道人言可畏！」

「我這麼大把年紀還怕誰不成？」

「妳不怕！我怕呀！」

傅成走後，廉楨媽媽嘆口長氣，那只是一種無奈的感嘆，倒不是傷感或是憤怒。她起身將窗簾扯上，屋子裡頓時轉成陰鬱的一片玄綠湖水顏色。她關懷的看著我的腹部，說：

「昨天！不！前天，眞是對不起，害妳著急。」

「沒關係，妳什麼時候回臺北的？」

「昨天下午就回來了，坐車眞累人，好好睡了一覺，早上才想起來叫你們來取車子。」

我爲廉楨媽媽和自己各倒了杯水，然後坐下來，希望聽她告訴我前天到底是怎麼一回事，可是她半天不說話，只好由我先發問了：

「廉楨媽媽！是那個戴沂送妳回來的嗎？」

「嗯！」

「你們去了些什麼地方？」

「哪兒也沒去！他不習慣隨便吃東西，從前一晚到了北港就一直沒吃。我們回嘉義吃飯，後來他就說想回臺北，我也贊成。」

「就直接回來了？」

「嗯！晚上很累！車剛好開到一處海岸邊上，就在那兒歇了一晚。」

「晚上？晚上的海岸景色一定很美。」我彷彿當眞聽見了那澎湃的怒濤聲響，也看見了那一大片柔軟如絲緞的海水，在夜色裡一抖動便是一片的閃爍。

「是啊！」廉楨媽媽不覺隨著我的讚嘆，精神一振：「眞美呢！我從來不知道夜晚的大海給人的感覺是那樣的絕美，只可惜我的畫筆永遠也描繪不出來。」

「爲什麼呢？」

「那是一種精神上的美。誰能畫那樣甜腥的涼風？妳知道夜晚有漁人在大海裡放燈嗎？一盞一盞的，數十百計的燈。戴沂說可能是一種聚魚燈，我說是用來捕鰻魚吧！搞不懂！可是妳知道嗎？那麼一片大海裡放燈，看著看著，還以爲天上的星星掉進海裡了呢！」

「啊！掉進海裡的星星？」

我幾乎為廉楨媽媽的描述所陶醉。海水裡亮著星星，那該是幅什麼樣的景象啊？

「只是，我不太懂他，現在的孩子都難了解，是不是？」廉楨媽媽添了一份落寞：「不過我眞喜歡看到他，他美得叫人著迷，看見他，就會喚起你一些最美好的記憶，妳覺得嗎？」

「我？」我想了想說：「也許！我看見他就想起那座雕像，那是我見過最優美的少年石像。」

廉楨媽媽笑了，臉上鬆垮的肌肉都像有了生氣，她彷彿自語的呢喃道：

「眞奇怪，其實他和戴沂長得一點也不像，可是我總覺得在戴沂身上找到了他的影子。」

「誰呢？廉楨媽媽。」

「一個男人，」廉楨媽媽輕倒向沙發，兩眼微闔，她陷入了回憶：「很多年以前，一個說他愛我的男人。」

「後來呢？」

「哪有後來呀！傻孩子，那年傅成都已經上小學了，我只當他發瘋。唉！這麼多年了，也沒去想過他，怎麼這時候又特別歡喜想到他呢？眞是！」

「妳後悔嗎？」

廉楨媽媽微笑不語，我想一份被狂熱愛戀的回憶，一定是最甜蜜美好的。

以後廉楨媽媽變得懶怠打牌，也不喜歡出門，我去了，只和我談論戴沂，說他除了漂亮，也是個有才氣的孩子，只可惜他父母不了解他。

「妳怎麼知道他父母不了解他呢？」

「戴沂說的。他父親根本反對他玩相機，一直希望他學商繼承家族的事業；他母親則希望他是個唸理工或學醫的藝術家。可是他仍是他，他只歡喜照相，他告訴我，他有七八個相機，自己有暗房沖照片，那天，就是去看他個展那天，他爲我拍了一系列的照片，還放大了呢！」

「哦？你們很談得來？」

「也不見得，他和我說話，有時候顯得很不耐煩，不過有時候又肯對我說很多事情。」

「你們也許可以成爲很好的朋友呢！」

「不！他太年輕了，有太多的花樣，我搞不懂他。擠在人堆裡拍些骯髒的孩子，或是血肉淋漓的乩童，還拍滿臉皺癟的老太太。」說著廉楨媽媽下意識的伸手摸摸自己的面頰，又說：「他說喜歡鄉土文化，不喜歡我的畫。」

「哦？」

我想安慰她。結果倒是她自己相當釋然：

「不過我眞的喜歡看見他，看到他就像欣賞到妳說的那座雕像……」

「還有那個男人？」

廉楨媽媽笑了，我想那個男人一定是她記憶裡的一項精品，就像我在歐洲見到的少年雕像。

五

最後是我說服了廉楨媽媽一起去看戴沂，我認爲戴沂的友誼會是廉楨媽媽需要的。我們由方女士的畫廊裡問到了地址，他並不和父母同住。

那是一所外觀殘舊的日式木造房子，有塊未經料理的小花園，雜草蔓生，荒蕪凌亂。小園門沒有關上，我和廉楨媽媽逕自進去，在門口叫了兩聲，半天才有人走下玄關開了紗門。他正是戴沂，他仍是一身的白，白色的T恤，白牛仔褲，白得就如白玉一樣清秀潤美。

「是你們？」

他微蹙眉頭，並不表示歡迎，也不拒絕我們進去。小客廳裡沒有桌椅，榻榻米上幾隻褪色的布質坐墊，我和廉楨媽媽就靠牆坐著，戴沂也盤腿跪了下來。

「那天謝謝妳的車子。」也不知道他是對我還是廉楨媽媽說話，眼睛只看著地上。

「不用客氣，」廉楨媽媽似乎有些緊張，說話不如平日俐落！「我們來，是想看看你給我照的相片。」

「哦！我說過，我拍的照片是不送人的。」

「我們只是想看看。」

「好吧！」

戴沂不耐煩的聳聳肩站起身，扯開背後的紙門，就那麼一瞬的工夫，我和廉楨媽媽都瞧見了裡面的景象，一個和戴沂年紀、身材相仿的少年，全身赤裸，悠然閒適的，趴在地板上翻看雜誌。

門關上後，我們還聽見戴沂溫柔的說話聲音：

「穿上衣服吧！我們等會兒拍。」

當紙門再啓開的時候，他們一前一後走出來又互挨著坐下。那個陌生少年看來十分羞澀，長像不及戴沂，而且臉上長了些許難看的粉刺。

戴沂遞給廉楨媽媽好大疊二十吋大小的黑白照片，我湊上去欣賞，並不以為有什麼特別，只覺照片好像比廉楨媽媽本人更為蒼老。

「我很喜歡這些照片。」廉楨媽媽說。

「我覺得沒拍到要拍的，」戴沂聳聳肩：「妳那天的打扮，給人一種很怪異有趣的感覺，我原來就是要捉住那份感覺。」

戴沂說話的時候，右手總是十分自然的搓著身邊少年擱在他大腿上的一隻左手。那是一種屬於愛憐的撫摸，完全無視於旁人的。我覺得全身都不自在，不由回臉去看廉楨媽媽，這才發現她彷彿受了很大的震驚，眼光幾乎無法由那一雙相互撫愛的手上移開。

回家路上，廉楨媽媽一直不言語，我也不知道對這樣的事如何置評。沉默良久，突然廉楨媽媽開口了，她的語氣是困惑和不信任的：

「他們怎麼會那樣呢？」

「廉楨媽媽！那大概也是一種愛情吧！我不太懂，可是我知道有很多人這樣相愛的。不知道他們……」

「他們相愛？……」

那回之後，我認爲戴沂對待廉楨媽媽的態度是冷漠無情的，我不再勸她與戴沂交往。可是一天傅成回家，卻怒氣沖沖的告訴我，方女士去公司見他，說廉楨媽媽最近經常去糾纏她的兒子。

「她怎麼可以這樣說呢？」我爲廉楨媽媽辯白道。

「那要怎麼說？她還要我管束一下我的母親，說他兒子受不了那樣的糾纏。」

「太過分了！我是說方女士。」

「我不管是誰過分，妳去告訴媽媽，我不要人家說我們傅家的閒話，爸爸也不會允許。反正請她不要再去找那個男人。」

「什麼男人？只不過是個孩子。」

我去找廉楨媽媽，早上十點多鐘，太陽照得整間畫室亮花花的，卻除了廉楨媽媽，習畫的太太們一個也沒見著。

「怎麼沒上課呢？廉楨媽媽！」

廉楨媽媽搖頭不語，倒也並不以爲遺憾，她仍然妝扮修飾過，顯得精神很好。

「是方女士誹謗妳？廉楨媽媽！我聽傳成說……」

「我知道了！」她制止了我：「剛才傳成的爸爸來過，他要我回家去。我讓他把東西拿走，不要干涉我的事。」

「廉楨媽媽……」

「我對他早寒透了心，他要那個女人，由他稱心如意，我就是死了也不回他們傅家。」

「廉楨媽媽……」

「其實，我去找戴沂，只不過希望多看看他，他的美總叫我想起一些美好的事情，我爲什麼不能去看他呢？……唉！」廉楨媽媽突然嘆了口長氣：「那麼漂亮的孩子，我要勸勸他，男孩子和男孩子，怎麼可以呢？……」

「可是，廉楨媽媽，那不是妳管得了的。」

「不！我一定要管。」

她表現出那麼的堅決和固執，我只好不再說什麼了。

第二天晚上，春雷隆隆，大雨不歇。傳成有應酬沒有回家，我撥電話到畫室，半天沒有人接聽，我掛斷了，可是想想不妥，又重新撥去，這回有了反應，是廉楨媽媽虛軟的聲音，我嚇了一跳，問她話也回答不清楚，只得匆匆趕去畫室。

她病了，因爲淋了雨，我去的時候她身上仍裹著溼透了的紫金絲絨袍子，臉上化妝早已污亂一片。

「廉楨媽媽！妳，妳這是到哪去了呢？」

「他……他搬走了，和那個男孩子。他們眞是相愛嗎？……年輕眞好啊！還可以愛呢！爲什麼我就什麼也沒有了呢？……」

廉楨媽媽又說了好些話，我不完全懂得。她叫爹地傅的名字，也叫許多別人的名字，那些都是她的過去吧！我莫名其妙的陪著她垂淚，彷彿也爲了她失去的一切的一切痛惜。

經過那晚的忙亂，我早產了，生下一個六磅半重的男嬰，棕髮，褐色的眼睛，白皙的皮膚，可愛極了。

廉楨媽媽臨終前，我和傅成抱了孩子去看她，爹地傅也在病房，他接過孩子挨近廉楨媽媽說：

「生傅成的時候，就沒想到我們的孫子會是這麼個模樣。」

廉楨媽媽緊緊摟著包裹在小被包裡的孩子不放，半天後突然湊臉叫我：

「南茜，妳曾經問我後不後悔？……現在，我倒又覺得不後悔了。」

人道

福生診所是臨安社區裡唯一設有婦科的診所，生意始終一枝獨秀，尤其晚飯前後，老媽媽領著未出嫁的小姐，先生陪伴著的少婦，牽兒負女的中年太太……小候診室裡滿滿擠了一屋子。倒是大人小孩就沒有一個張嘴喧鬧的，大夥兒仰著頭全神貫注的看牆壁鐵架上的電視，不管什麼節目，就是廣告也好，在這百般無聊的等候中照樣吸引人。

哲銘和薏芬便是傍晚和主治的女大夫約好了第二天再來的。星期六的早上，診所裡照例清清冷冷，病人不多，除了兩個白衣護士小姐偶爾窸窣調笑一陣外，就只有樓下有一搭、沒一搭的摩托車呼嘯聲。女大夫年紀四十出頭，白天看著比晚上蒼老些，臉上一樣濃濃抹了白粉，口紅塗的是一種淡淡的桃紅顏色，看著就像一張粉白的面具上又另加了張桃紅色大嘴。不過她開口說話倒總是一團和氣：

「考慮好？決定啦？」

薏芬垂著頭，只管似笑非笑的拿眼睛瞄丈夫。哲銘突然覺得這時候自己有必要再表明一下態度，他實在不喜歡女大夫那曖昧的表情。

「決定了！大夫！妳知道，我們對於生養小孩的看法是很嚴肅的，如果不能給他最好、最完善的環境，我們寧願他再晚兩年……」

「那，已經是另外一個生命啦……」

靜坐的小母親突然噘起嘴來抗議了，女大夫和藹的伸手拍拍她，安慰道：

「如果妳不願意的話，誰也不能勉強，是不是？」

「不……我……」

薏芬卻又搖起頭來，顯然事情不是這樣。女大夫一笑，取出病歷，潦草的書寫一陣，再抬起頭，突然無關緊要的說一句：

「你們夫妻長得很像啊！」

其實哲銘生得高大，薏芬嬌小，兩人體形和長相都有很大的差別，不過也許是相處得久，自然產生了默契和相互通息的感性。所以朋友間也常說他們有夫妻相，兩人聽了總要高興好一陣子。可是今天心情不同，環抱著手臂靠站在牆角的哲銘只是苦笑；薏芬看他一眼，才嘆氣似的說：

「很多人都這麼說呢！」

女大夫招呼了護士小姐走進手術室做準備工作，哲銘挨近妻子捏捏她的手，薏芬突然抬眼，眼神裡閃爍著一些不安穩的顏色。

「我怕……」

「不怕！」哲銘將妻子的手捏得更緊了些：「大夫不是說過，不會有問題的嘛！」

「可是，可是已經三個月啦……」

「薏芬！」哲銘拉過妻子，就著窗外那縷冬日裡特別顯得白亮的太陽光，深沉的打量著她說：「如果妳眞的怕，我們就算了……」

「不……」

薏芬欲言又止，這時候正好護士小姐出來向她招手。薏芬又看了丈夫一眼，才像下了更大決心似的猛然站起，頭也不回的跟了進去。

薏芬在一所公立大學中文系擔任助教，生產有公保和四十天的產假，可是她怎麼算，十月懷的孩子，都正好第二年七月暑假裡生，等於是白白損失了那四十天的休假權利。想著不甘心，但是這到底不是她決定拿掉這個孩子的主要因素。

驗孕回來，薏芬坐在化妝鏡前對著自己的影子發愣，半天才喃喃的問著丈夫：

「怎麼辦呢？」

哲銘可是從頭至尾一直還不曾對這件事表示過任何看法，當疑惑證明爲事實後，他仍是一言不發，回來便往床上一躺，什麼也不肯說。

「怎樣嘛！你！」

給逼急了，才聽他嗯嗯哼哼的說：有就生吧！還能怎麼辦？話雖然這麼說，可是他終於還是忍不住又問了一句：

「怎麼會呢？不是天天量體溫嗎？」

「我怎麼知道？」薏芬用刷子梳理頭髮，不知道爲什麼的生起氣來，一下刷得比一下氣急敗壞：「算經期本來就不是百分之百保險，那時候我說吃藥嘛！你偏說有什麼副作用。」

「爲妳好啊！」

「人家吃了好些年，也沒見怎樣！」

「妳這不是抬槓嗎？人家沒事，那妳怎麼不吃？」

「你！哼！也不知道是誰抬槓。」

薏芬啪的熄了床頭燈不再理他，上了床也故意縮向床緣邊上躲得遠遠的自己生悶氣。哲銘這時候也覺得自己不太應該，他向來不是這樣的，這些日子情緒一直反常的低落，爲了那個未出世的孩子？想著實在是沒有道理，他重重翻了個身，挨近妻子。薏芬賭氣的甩著肩膀，卻是怎麼也抖不掉哲銘環過來的手臂。

「怎麼啦？有了就生嘛！有什麼好氣的？」

「不要碰我！你走開！」

薏芬仍假意的掙扎，哲銘則只管摟著她逗哄。

「嘖！嘖！看！生個娃娃像妳一樣壞脾氣，怎麼管教喲？」

「誰？」

「妳呀！還有誰？」

薏芬一頭滾進哲銘懷裡撒嬌，也顧不得賭氣，兩唇輕抵著丈夫厚實的胸膛，嬌痴的問他：

「哲銘！你說，有了孩子，我會不會變成黃臉婆？」

「爲什麼會變成黃臉婆？妳是可愛的媽媽，生個白白胖胖的娃娃，小肉球一樣的。」

「嘻！那才可愛呢！」

薏芬笑著，可是她心底卻仍藏著很深的陰霾。這個孩子來得多不是時候，她和哲銘正有著更多的理想要去實現，而孩子總是加添的羈絆，會拖累得人邁不開步子啊！

「哲銘！看來我想再去念研究所是遙遙無期啦？」

「嗯！」

「你呢？」

「我？我什麼呢？」

哲銘當然知道，薏芬指的是他的前途。待在小雜誌社裡混飯吃會毀了他一輩子，他比誰都知道，他一直計畫著辭職另謀發展，可是現在眼看家裡馬上又添了一張嘴，他能冒這樣的驚險嗎？黝黑裡，兩人依偎得更緊，雖然都看不見對方，卻能靜聽見彼此的嘆息。

爲了這個逐漸在母體中孕育成形的孩子，夫妻倆幾乎變得十分神經質。有時候，他們也想像著孩子的白胖可愛，滿心歡喜的爲孩子計畫一切，包括了要給他吃什麼牌子的奶粉，買什麼樣的小床、小衣服……甚至連名字也取好了。可是當爭執發生的時候，孩子又是經常被提起相互攻訐的大前提——尤其是牽扯上金錢用度的問題。

「哲銘！家裡就剩下兩百塊錢了！你去想想辦法吧！」

「什麼？今天才二十一號啊！」

「我怎麼不知道？」

「妳總不能要我成年累月的借債！我看以後多了個孩子，妳日子怎麼過？」

「我怎過？這要問你啊！」薏芬生得羸弱嬌小，可是鬥起嘴來從不輸給丈夫：「上禮拜是誰要去聽音樂會的？誰一定要買兩百塊錢一張的票子？」

「聽音樂會是我；買些不能穿的大廉價衣服的可不是我。」

「好！你什麼都怪我！我知道！就連懷這個孩子你也一直在怪我……」

「唉！……誰說了呢？」

「你不說我也知道，成天唉聲嘆氣，就是愁我和孩子拖累了你……我告訴你！我也不要這孩子拖累，你以爲我就甘心當一輩子助教嗎？不要！不要，拿掉好了！」

薏芬說著便悲從中來任著性子痛哭，哲銘給她哭得心慌意亂，一跺腳就往外走，只想躲開這一切麻煩：

「現在還沒小的呢？就這樣吵吵鬧鬧，以後還得了？……」

「你走！你走！走了就不要回來。」

「不回來就不回來。」

門砰的一聲關上了。薏芬的哭聲益發慘痛，她彷彿已經預先看見了未來的一切，她和丈夫的一生就此斷送埋沒定了，他們注定是這芸芸眾生中的平凡庸碌之輩，就像他們所瞧不起的大多數人一樣。

年底，楊振夫妻倆雙雙歸國探親，哲銘和薏芬強打精神爲老同學接風。於是紐約不再是遠不可及的首善之都，思鄉的愁緒、昂貴的生活、繁重的課業和即將到手的學位，在楊振和欣蘭的描繪中雖然是如此艱苦和痛心，但是卻也掩飾不了他們眼中的自負和對那充滿希望的未來的憧憬。相形之下，哲銘他們唯一的成就只有懷裡的孩子了？

「待在小雜誌社裡是不會有什麼出息的，」哲銘一再強調著自己的志願：「現在還是要自己出來創業，才有發展。」

「什麼樣的事業呢？」

「無論什麼樣的事業，就是開出版社、搞貿易……只要有頭腦有創意，當一回事的經營，都比在人家手下幹有前途。」

「說的也是！」楊振點著頭，彷彿眞是十分的同意，還誇下豪語，說：「兩年後再回來，我們都該又是一番景象啦？」

在回家的公共汽車上，哲銘和薏芬各自懷著心事，兩人都異常的沉默。車在冷夜裡急馳得飛快，直到過了臨安社區的站牌兩人才同時發現。下了車，誰也沒有抱怨，只是慢慢的往回走去。也不知道走了多久，才聽見薏芬長長一聲吁嘆：

「欣蘭和楊振都拿到碩士了？」

「嗯！」

「我們這輩子是不用想出國唸書了？」

「嗯！」

「老嗯個什麼勁？我們到底哪一點比不上人家呢？我們到底哪一點比不上人家呢……」薏芬說著，淚水也幾乎就隨著滾落下來：「你說呀！」

「說，說有什麼用呢？妳煩不煩？」

「你不要這樣嘛！哲銘！」這回薏芬竟然沒有動怒，她體貼婉轉的勸誘著丈夫：「我想，還是拿掉算了！等以後我們稍微有些成就再養孩子也不遲哪！那時候你一個人賺錢，我專心在家帶孩子，孩子還是要母親自己帶才好，不是說三歲前人格就定型了嗎？哲銘！你說，我說的對不對？」

哲銘停住了腳，在昏弱的路燈下，他望著期盼中的妻子，薏芬眼裡正閃著他追求的未來。於是，決心在他心底一點點的增強了。

「這事，不會有危險吧？薏芬！」

三個月大的受精卵剛開始出現骨骼，哲銘不相信那麼稚嫩的小東西能危及到小母親的生命。關於這方面的知識，他任職的那家綜合性雜誌經常有詳盡的報導介紹，哲銘都仔細閱讀過。至於女大夫的手術，他也沒有擔心的理由，診所門口掛了行醫執照，還有生意的興隆，不都說明了她醫術高明嗎？可是，在長久的等待中，哲銘難免有些不自在的。

他站起身，在方圓不及六坪大小的候診室裡來回打轉，每當挨近手術室時，他彷彿聽見一些金屬碰撞聲音，可是又不頂眞實。他開始有些煩躁起來了，由夾克口袋尋出半包髒舊而且早已壓擠得爛癟的三五牌洋菸。哲銘沒有菸癮，他只是在焦灼憂慮的時候，覺得香菸能使他情緒平衡。這菸還是前天單獨和楊振碰頭時，在咖啡室裡楊振抽剩了他順手擱進口袋裡的。

楊振不贊成他對生養小孩的看法，嚴肅的批評他說：

「我和欣蘭在美國是不敢養孩子，愁沒有人幫忙帶啊！你們有老爸、老媽在，好好的爲什麼不要呢？」

「養不起啊！」

「你在雜誌社除了薪水，還有稿費可以支領；加上薏芬的，一個月少說也有一萬六、七，難道還養不起個把孩子？」

「你忘了付三千塊的房租，還有三千塊會錢。」

「會錢？」

「總要存錢準備自己買房子吧？」

「可是……剩下的也差不多啊！其實，我看你們根本不需要租那麼大的房子，我和欣蘭在紐約的公寓還不及你們客廳的大小。」

「住嘛！」哲銘無可奈何的聳聳肩：「總要大點舒服些，是吧？」

「不管你怎麼說，我只覺得人家比你們賺得少的也一樣養孩子。」

哲銘皺緊眉頭，將菸蒂捻死在玻璃缸裡。他再次站起來，踱向手術室門口，原來他只想聽聽裡面可有什麼動靜，卻是冷不防的門霍一下由裡頭給推了開來。出來的正是那個招呼薏芬進去的護士小姐，她似乎一下子也給嚇著了，表情很是倉皇。哲銘讓開身子讓她穿過，然後才小心的隨在後頭問說：

「小姐！裡面……」

護士小姐根本就像沒聽見似的；筆直的衝進了掛號間，抓起話筒便熟練的撥了個號碼：

「救護車！快！……福生診所。」

哲銘這才注意到，她兩隻手上都染滿了鮮血，殷紅色的。他還有意識的想過：這是誰的血呢？

薏芬，死於子宮穿破引起腸穿孔，內部大量的出血。救護車開來又走了，管區警員正好趕上驅散圍觀的居民。於是一個本該恬靜的星期六午後，一下子傳說沸騰了起來。

「聽說結過婚哪！」

「哪有結過婚墮胎的？不可能吧？」

「怎麼不可能？現在年輕人難說哦！我那媳婦不是過門三年多了嗎？就是不肯生，誰知道是不是去拿掉過？」

「聽說是養不起哪！」

「養不起？我們從前十個、八個都養，他們現在都是夫妻倆賺錢，還說養不起？哼！還不是好玩、圖享受，成天沒事看看電影、吃吃館子，多逍遙自在哪！」

「……」

臨安診所已經拉下了鐵門，不准閒雜人等出入。管區警員又詳細盤問了主治的女大夫，診所方面自然是願意和解了事，可是苦主早已神志恍惚，什麼話也問不上來。最後還是在他口袋裡尋出唯一的一個電話號碼，找來了楊振。

「你們不能說賠這點錢就算了！要知道人命關天哪！」

楊振前前後後踱著步子嘀咕，就像是很不耐煩似的，其實他只是有些不知所措，誰碰過這樣的事呢？

「楊先生！我們只是要將事情合理的解決。」女大夫倒是不慌不忙，十分理直氣壯的：「費太太說她懷孕期間因爲感冒吃過不少特效藥，害怕胎兒畸形，要求我們幫這個忙，而且這裡還有她先生親筆簽的同意書。所以說，我們是幫忙哪！……這純粹是一次意外事件。我們願意賠償，也完全是站在人道的立場，是人道賠償，完全，完全是站在人道立場哪！」

楊振搓著雙手，偷眼望向手術室，就深怕這話給裡面聽見了。而俯身挨向床緣坐著的費哲銘卻只管守著他再也不動了的妻子，呢喃不斷，誰也不知道他到底說了些什麼……

吳太太香港五日

第一日

吳太太因為神經太過於興奮，昨晚在床上輾轉了一夜也沒睡著，直到早上天色濛濛亮，她才恍惚入睡。醒來的時候，只覺得兩眼刺痛，筋骨痠麻，但是也顧不了這麼多，她掙扎著在床頭找著了那隻金鍊已經褪成一種土黃斑駁的金屬的老錶，瞇起眼拿正了再瞧，可不得了，距離她和旅行社小姐約好的時間只剩下半個鐘頭。

簡單漱洗了出來，只見客廳裡大人的報紙、電視周刊；孩子的圖畫書；大大小小花花綠綠的衣物、鞋襪；沙發上、玻璃几下，到處可見；就連早飯吃剩的醬菜碟、稀飯碗，都沒人收拾一下。吳太太當然明白，這是她媳婦月華故意做給她看的，因為月華妒忌她有這次去香港觀光的機會啊！

這事兒，本來就沒有月華的份。是樓下郭太太有天說起，現在觀光開放，可以出國玩玩哪！吳太太當是說笑，也沒認真，只說哪來那麼多錢啊？郭太太又說啦，她女婿有個開委託行的朋友，願意負責吃住及來回機票，送她去香港玩五天，唯一條件便是幫忙攜口皮箱回來。但是郭太太女兒馬上就要生產了，根本沒法兒走開。吳太太正聽著羨慕，又喟嘆郭太太坐失大好機會，卻不料郭太太話鋒一轉，好運竟然就落到她身上來了。

「咦？吳太太！那我介紹妳去好了。」

「這……這……不好吧？」

「有什麼不好呢？我們多年老鄰居了，哼！要是別人我才不管呢！」郭太太笑嘻嘻的露出嘴裡一排金牙，此時看在吳太太眼裡就變得特別友善而且富於人情味了。「反正啊！我女婿說以後有的是機會，他們一個月要人走一趟，說過兩個月我和我女兒一道去更有個伴呢！我看！就這樣了！妳明天來等我的信兒。」

吳太太趕著回去，歡天喜地的把話說了一遍給兒子、媳婦聽，卻是他們偏偏不信天下有這等好事，她兒子國成更皺著眉頭兒，說：

「可要搞清楚叫妳帶回來的是什麼貨色啊？要是毒品，到時候找誰認帳啊？」

吳太太仔細考慮了一晚，也覺得兒子的話不無道理。第二天她便想婉轉的去套那郭太太的口風。郭太太又是何等精明會計算的人物，一聽立刻便知道了她擔的是什麼心事。

「我說吳太太，我可是一番好意喲！去不去在妳，人家可是氣氣派派在中山北路有間委託行店面，缺的是衣服、化妝品什麼的；總不成要你運一箱嗎啡、白麵吧！改天我帶妳去看看再說……或者妳害怕，我看這事兒也就算了……」

「不！不！我不是這意思！」吳太太連忙搶白道：「我只是想，到了那兒，人生地不熟的到哪兒去玩？又聽說搶人的多，怪害怕的。」

「怕什麼？妳去了自然有人接待，還愁沒人嚮導？」

既然有這麼好的事兒，吳太太不再猶豫。取戶口謄本、照相……申請入港證、出入境證。雖然委託行老闆指定了一家旅行社為她幫忙，可是因為她不是參加旅行團，所以有很多事還是得自己親自跑腿、動手。每一件又都是那麼麻煩、那麼的損耗時間。不過吳太太只要想起她馬上便可以乘坐飛機去到嚮往已久的購物天堂——香港，她便再也不怕辛苦，反而感到無比的興奮。

除了鄰居託買的東西外，她無時無刻不在仔細盤算著，由香港回來時，她要穿件怎麼樣漂亮的衣裳，給她認識的每一個朋友都買一樣禮物，欣賞著他們艷羨的表情。當然，送人禮物不能花太多的錢，因為她並沒有太多的錢可花呀！

吳太太由家裡出來，第一件事便是到巷口林太太家去拿她標下的會錢。林太太夏天才去過香港，總是誇耀性的指點吳太太，買東西要殺價；走路是靠左邊；出門不要帶太多的錢財小心遇搶，但是也不能分文俱無，那就得挨刀子。吳太太仔細聽著，可是也並不全然在意，她覺得自己這把年紀經驗了，什麼事還會應付不了嗎？走出林家，她倒是另外有了新的決定，那就是回來時候不必送林太太禮物，因爲她是去過香港的。

那家旅行社是在南京東路的巷弄中，裡頭一位吳太太已經熟悉的丁小姐，見面便嚷嚷道：

「我的老天！妳總算來了！快呀！我陪妳去銀行結匯，小弟去給你取機票了，下午三點多飛機，國泰航空公司的。」

「可是，我不會說美國話，不是說好要坐中華航空公司的飛機嗎？」

「中華的訂不到機票呀！兩家可以交換的。反正才一個多鐘頭，吃完點心就到了，不用妳說什麼話的。」

到了銀行，吳太太總算弄懂了，他們成天掛在嘴邊的結匯，原來就是將臺幣換成美金。一萬多的會錢，加上她平日一萬多塊積蓄，總共兌換了八百塊錢美金；剩下四百塊錢的權利，旅行社小姐說既然吳太太不要了，那就讓給她好了。

回到旅行社，小弟機票已經取回來了，可不是一張，而是一小本哪，旅行社小姐拿了個印有旅行社店名的塑膠套，替她將機票、入港證、出入境證全部裝妥，然後警告她說：

「這些千萬不要弄丟囉！」

回到家，月華正臭著臉將燒好的菜一樣樣端上桌。雖然吳太太這趟去香港和她一點干係也沒有，可是女人家總是小心眼，覺得婆婆這把年紀了，有什麼可樂的呢？如果大方點，就該將機會讓給她——愈想，臉色自然愈是好看不到哪兒去了。

「國成還沒有回來？」

「回來了！」月華呶呶嘴，百般不情願似的答著。

國成由廁所裡出來，一邊拉著褲鏈，一邊問他母親：

「手續都沒問題吧？」

「都好了！你的計程車開回來了沒有？」

「停在後頭。對了！」他這才想起一件重要的事來！「媽！妳結匯不是不到一千兩百塊嗎？聽人說剩下的權利一塊錢美金就可以賺臺幣七塊，轉轉手就有幾千呢！」

「眞的？該死！我讓給旅行社小姐了。我才想她要美金幹什麼呢？」

「哼！都是馬後砲，白白損失了幾千塊。」月華嘟噥著，也不知道抱怨的是誰。

想著平白讓人占了便宜，吳太太心疼得飯也吃不下了。到房裡摸弄了半天，換了一套她出門常穿的毛衣、長褲，拎出早預備好的一隻中型軟式手提箱——這也是郭太太教她的，說香港那邊會給她一口大箱子帶回來，她就只能隨身帶著一隻手提傢伙裝自己的東西，才不至於過磅超重。這手提箱不能太大，人家不准上飛機；可是太小了也划不來，所以特地陪她挑了這種容量最大又最輕便的。

「媽，妳不帶外套啊？」月華既然發現到了，也不能因爲賭氣就不管，到底是自己婆婆。

「會冷哪！」

「也沒那麼冷，帶多了到時候占地方。」

國成開著自己作生意的計程車送母親到機場，月華也跟著去了。三個人都沒有出過國門，站在機場大廳裡，只見人來人往，熙熙攘攘，一時眞不知道該怎麼辦才好。

「這飛機還眞不知道怎麼個坐法呢！」國成搔著個腦袋問他母親。

找到了櫃台，卻不是給它票就可以坐上飛機。幾張表格國成勉勉強強給塡了，畫位子還問你抽不抽菸？因爲吳太太沒有托運的行李，也就省了過磅檢查。經過指點，三個人又奔上二樓出境室，本來國成還想跟著進去照顧的，可是海關人員不允許。

「媽！那妳自己進去吧！」

「我知道。」吳太太又看看月華：「小的還有點咳嗽，晚上最好還是帶去看看醫生。」

「知道了！」想著眞要走了，月華可又有些離愁：「媽！妳錢要藏好，小心壞人啊！」

「我知道！你們回去了，我不怕的。」說是不怕，可是看著一屋子男人、女人，中國人、外國人……又這麼多個過道口，吳太太簡直不知道什麼是什麼。好在人生一張嘴，就是用來問事的。於是一關過一關，驗證件、搜身、檢查攜帶物品……一個漂亮的穿制服小姐向身旁穿制服的男人遞了個嘲諷的眼色，指著吳太太的手提箱：

「到香港，都是空箱子。」

原來乘飛機不一定要從停機坪上去，穿過一條架起的箱型走道就可以直接進入機艙。吳太太根本不知道她的位子在哪裡，看空中小姐黑髮、褐眼、黃皮膚，像個中國人，她放心的上前問她：

「請幫我看看，這位子在哪裡？」

「Pardon?…… Do you speak English?」

她竟然不會說中國話。好在小姐立刻會意了吳太太的需要，將她領向座位。

吳太太鄰座也是位老太太，攜了大包小包，有肉乾、水果……什麼，她自己的座位底下堆不下了，一隻大旅行袋幾乎佔去了吳太太半邊擱腳的地方。吳太太很不痛快，嘟噥了一句：

「請拿過去一點好不好？」

不料那位老太太一開口，說的是廣東話，吳太太半句也聽不懂。只好將就的縮著腳，聽擴音器聒噪，還有濃妝艷抹的空中小姐表演穿救生衣。最後才是端上餐飲。

這種短程飛行的餐飲，和吳太太在廣告上所見的相差甚遠。好在吳太太中午沒吃飽，她又不懂英語，於是小姐給她什麼她就拿什麼，就連著一杯酸甜甜的酒她也一口氣喝了。

她沒有暈機現象，一個小時又十分鐘後，香港便已經呈現在窗口。只見夕陽紅霞中，一片比臺北市還高出幾倍的高樓大廈，和圖片上所見到的香港竟然沒有什麼兩樣。吳太太因爲沒有行李，除了飛機上發的一張表格她請了個會說國語的先生代塡了，一切出關手續容易。順著啓德機場出口的斜坡走出來，只見繩索外一片人叢，就不知道來接她的人在哪裡。

吳太太焦慮的尋找著，好不容易，總算在一塊紙板上看到了自己的名字。來接她的是個瘦小個子的男人，年紀五十多歲，會說國語，先給她介紹了站在他身後的一位胖太太，說她和吳太太是乘同一班飛機到的，以後這幾天她們住一起，相互地有個伴兒。瘦子領她們訂了回程飛機，打電話回臺灣說清楚時刻，又換了港幣出來。他還開了輛漆色光鮮的小汽車來呢，吳太太就從沒坐過這麼寬敞，而且窗子是以按鍵控制自動升降的車子。瘦子得意洋洋的一面駕車，一面指點著告訴她們，這裡是哪兒，那裡是哪兒。穿過美觀整齊寬敞大道，又走了段窄街巷道，一地果菜廢紙，看著十分髒亂，吳太太忍不住說道：

「香港也有地方滿髒的嘛！」

「妳是第一次來吧？」看著年紀比吳太太小些的胖太太，雖然微笑著說話，可是仍掩飾不了她的輕藐神態：「這兒是九龍，過了海才是香港。」

車子出了海底隧道，天色已經昏暗，吳太太也認不清方向，只是耐不住興奮，眨巴著眼睛一路貪婪的張望著霓虹閃爍商店密集的街道。

大約車行半個鐘頭，來到一處兩面商鋪的鬧街，瘦子說這兒叫北角，領她們穿入巷子，走進一處樓梯間。那巷子原就陰黑暗溼的，一上樓階，只見四面白牆早成了黑牆，塵埃、圖案、殘破的廣告招貼，還有大蜘蛛網……昏黃的電燈慘淡的亮著，還有一股說不出的霉腐氣味衝著鼻子叫人噁心。二樓筆直一條走道，裡頭分隔了小房間無數，梯口是個櫃台，兩個衣裳不整，聲調粗魯的男人正說著話，見他們一行上來，便歪斜著眼跟著上下打量。再上三樓、四樓都一樣格局，瘦子帶他們上了六樓才問櫃台：

「我們訂的房間呢？」

那人一句不吭，拿了鎖匙無精打采的領他往裡走，直到最底，才打開一間房門。只見屋裡一片破舊，窗簾撕裂的一半搭落在地上，床單中央一攤想必是再洗也洗不乾淨了的暗漬子，人走在塑膠地板上還黏鞋底呢！

「我們就住這裡啊？啊？」心臟怦怦亂跳的吳太太還來不及說話，那胖太太就已經暴躁了起來：

「我的媽！這，這地方能住啊？你！你今天就給我們住這種地方？」

「是啊！」吳太太忍不住也悻悻的插上嘴來：「我們在臺灣要飯的都比這兒住得好。」

「簡直欺侮人嘛！不行！你得給我們換個地方。」

「地方怎麼能換呢？」瘦子賠著笑臉，但是在這樣的昏淡燈光下看著，叫人覺得毛骨悚然：「錢都已給付了。我可是代人辦事啊！兩位將就將就，最近來香港觀光的人太多啦！旅館不容易找到！我看，委屈一下，沒幾天嘛！是不是？」

瘦子扔下她們，頭也不回的走了。

胖太太氣得臉色發綠，直抱怨：

「早知道就不佔這便宜了，都是我先生，也不打聽打聽清楚，就讓我誤上賊船。現在可怎麼辦？這麼晚了，找旅館都不方便。哼！誰稀罕，誰稀罕他的飛機票包吃住，活見鬼，眞是活見鬼……」

吳太太拎著口空箱子，呆愣愣的站在一邊，她嫌骯髒，動也不敢動一下。可是，現在怎麼辦呢？難道眞要在這樣的地方住下？不要說髒得嚇人了，門外走來走去的男人一個個粗惡兇殘的相貌，更是怕人哪……這就是她香港行的第一個夜晚嗎？沒有豪華的旅館，高雅的套房，就連晚飯都還不知道在哪兒吃呢！

第二日

天還沒亮透，就聽門外人聲雜遝，樓上也跟著砰砰碰碰不知亂些什麼。胖太太打著呼來了個大翻身，吳太太一驚而醒，想著自己睡著的地方，不禁心底發毛，忙忙一骨碌坐了起身。

她們因爲嫌骯髒，衣裳也沒脫就湊合著歪在床上。又害怕此地人雜，特地將兩張破椅子和茶几堆放在門口，以防歹徒。吳太太這時睡眼惺忪的舉目四望，又見情景悽涼，再想到自己竟然好好的家不待，到了這副流落異鄉的地步，不禁有些悲從中來。

「不睡啦？」原來氣勢高人一等的胖太太，因爲和吳太太共患難一宵，不知不覺中態度友善了不少：「實在睡不著，還有臭蟲咧！」

兩人結伴一起到屋外公用的盥洗室隨便梳洗了，拎起行李，照昨夜商談的計畫忙忙走出了這髒暗唯有不見天日可形容的處所。

「現在才七點啊！打電話給我表弟太早了吧？我看八、九點再打，我們先逛逛走走。」

「妳會走嗎？」經過昨天那麼一晚，吳太太對什麼都開始有了懷疑。

「我這是第三次來香港啊！小巷沒走過，大街順著電車道走總是錯不了的，就這麼大點地方嘛！」

雖然今年冬天不怎麼冷，可是早晚還是涼些，吳太太因爲沒帶外套，人眞有些哆嗦，好在胖太太有毛衣，借了她件穿上。

香港的早市和臺北也差不了太多，上學上班的擠車，太太們買菜，吃早點的攤子最熱鬧了，廣東粥、腸粉、燒餅豆漿……水果攤子也擺出來了。胖太太說：

「這兒蘋果便宜，和臺灣的橘子一樣價錢，大個的一塊五毛，乘以八合臺幣十二塊，咱們吃蘋果吧！」

兩人買了四個，邊走邊啃。走過一處右旁有綠色大草坪的地方，胖太太說這是維多利亞公園。往左上看去，只見半山上一幢接著一幢大樓房，都有二、三十層高，壓得小山坡地喘不過氣來。

「這兒樓蓋得眞高啊！」

「香港樓都蓋得高，寸土寸金，一定得往上發展啊！」她又指指前頭：「再過去應該就是銅鑼了。」

再過去又是大樓大廈，兩邊騎樓下都是店面，只是時候尚早，還沒有開門呢！

「糟糕！都沒開門，那兒打電話啊？」

「沒有公用電話？」

「香港公用電話才少呢！向店裡借，不要錢呢！」

好不容易找了家賣西式早餐的咖啡廳借了電話，胖太太表弟要她們在大丸百貨公司門口等著。這時吳太太也掏出張小紙片，上面抄著秀琴的電話號碼！

「我也打個電話試試。」

秀琴是吳太太二十年前住承德路時的鄰居，那時兩人都年輕，談得來，感情很好。後來秀琴和先生到香港做生意，一晃許多年，前年秀琴到臺灣來探望娘家哥哥，竟然在吳太太新家門口碰了個正著。匆匆忙忙中秀琴留下電話號碼，吳太太這時想著打個試試吧！

不想秀琴和當年一樣待她熱絡，說今天不巧有應酬，明天晚上一定要請她吃飯，而且約好六點半在華都飯店。

「華都飯店？」胖太太想了想說：「就這附近吧！好像新蓋不久，是觀光大飯店喔！」

兩人等了將近一點鐘，胖太太的表弟才蹣跚而來。他長得和胖太太一般肥胖，穿件米色夾克，見人便笑呵呵的，像是十分和氣。

兩姐弟聊起來便沒完沒了的。胖太太直抱怨昨晚住的地方，胖先生問明了地點，馬上搖頭，說那地方怎麼能住呢？

胖先生雖然香港已經住了多年，可是對於旅館行情似乎並不熟悉。領著她們一條街一條巷的胡撞，先到一家北方人開的旅店，地方可並不比昨晚的好太多；第二趟找的更是怪異，裡頭紅地毯，亮著一屋子粉紅壁燈，臥房裡紅暖溫馨的擺了張圓角大床，價錢一晚兩百二港幣，三個人掉頭就走，出來胖太太便說：

「我看那不是普通旅館，一定是色情招待所。」

第三次找的一家有臺灣中等旅館的水準，小套房，被褥都還乾淨，進出的人物也不算太雜，只是講到價錢，一天一百五港幣，要乘以八才合臺幣，吳太太和胖太太都嫌太貴，只是嘴上又不好說，只講不好！不好！房太小了，不夠乾淨。

又走了兩家，則根本沒有空房，就連嫌它的餘地也沒有。也許是胖先生走得太累，又嫌她們挑剔，於是故意尋開心，經過皇后大道中時，他領她們走進有著半圓形停車道，玻璃門光亮鑑人，裡頭更是裝潢豪華氣派的一所觀光大飯店。

「這是觀光飯店吧？啊？是不是啊？」吳太太佯裝著傻氣，卻掩飾不住她的膽怯：「這兒很貴啊！我們不必住這麼貴的地方吧？是不是？」

胖太太也急了，她竭力阻止著她表弟靠近櫃台去問房間。

「我看，我們還是走吧！這兒住的外國人多，彆扭哪！不問了！我們走吧！」

「這裡不錯呀！」胖先生呵呵笑著，十分開心。

最後她們找到一處日付租金港幣一百元的房間，那兒較昨晚住處略勝一籌，還有個電梯，但是老爺得不得了，升降時轟隆轟隆不說，載重不能超過四人，否則自動停機。不過這兒眞正令兩位太太滿意的，是旅館上下住的幾乎都是來自臺灣的旅行團，彼此就是不講話，照個面兒也覺得心底舒坦。

安頓好，她們打個電話給瘦子，然後胖先生又領她們去飲茶，可是正午時候，茶樓門口排滿了等座兒的人，胖太太說餓得受不了了，乾脆去吃比較快的漢堡。

胖先生臨走，再三叮囑胖太太下午早點去好搓麻將。原來胖太太這趟來港目的，除了購物外，是來參加親戚婚禮的。

「香港結婚才有趣。下午打牌，晚上九點才開席吃飯呢！」

「有這樣的事？」

因為年關近了，街上大店小鋪都貼了拍賣、打折的招貼，一家家逛過去，覺得琳琅滿目，目不暇給，只是每樣的標價乘以八，卻是並不像傳說中的那般便宜。

「不行！今天不能買大件東西，我看還是先買些藥品。對了！妳買不買金飾啊？香港的成色好。」

吳太太人生地不熟的，當然也沒主意，只跟胖太太瞎闖。胖太太一路又買了斤蜜棗和乾果，兩人邊走邊吃著。

在家規模不小的中藥鋪裡，胖太太毫不吝嗇的選購了大小包裝、花樣無數的藥材。什麼三鞭丸、白鳳丸、高麗參、牛黃清心丸、片仔黃、補心丹……甚至萬金油、白花油、紅花油也買了。

「妳買這麼多啊？」吳太太問。

「別人託買的多。」胖太太說著，一邊由衣襟口掏出個手帕包，裡面一疊千元、五百一張張的港幣，看得店員個個眼睛瞪得好大。

吳太太倒是沒買多少，白鳳丸給月華，牛黃清心丸說是退火，國成需要，另外就是買些萬金油。

至於金子首飾，吳太太是喜歡的，一橫心打了五錢重的金鍊條掛在脖子上，那胖太太也不甘示弱，買了隻二兩的金元寶揣在懷裡。

「來的時候，我兒子還擔心我不會說廣東話呢！」吳太太笑著說：「現在看來，他們聽得懂國語嘛！」

「勉強總是懂的。我也不會說廣東話，聽都聽不懂，可是買東西什麼，一點問題也沒有。」

「聽說香港有不少好玩的地方，妳都去過吧？」

「妳是說海洋公園，虎豹別墅什麼啊？那有什麼好玩的？我才懶得去呢！每次來，買東西，朋友請吃飯時間都不夠用了，誰還有心情去逛公園？」

「既然來了啦！總不能哪兒都沒去玩過就回去啦？我們是不是……」

「吳太太，我替妳算算，今天不算，就剩下明、後兩天，妳要買的東西都買齊了嗎？那妳還有空閒去玩啊？我看算了！我們買買東西，吃點沒吃過的，也就差不多了。」

看看時候差不多，胖太太說要乘小巴士到酒樓去了，把路指清楚給吳太太，告訴她這是另一條大街，順著往回逛，也一樣可以回到旅館。

吳太太獨自走著，看見商店都進去看看，不覺又近黃昏，路上人和車輛愈集愈多，幾乎摩肩擦肘的。由香港這些坐寫字樓的年輕男女衣著看來，他們不像傳說中的那麼簡樸，一個個衣裝入時，精神抖擻，眉宇舉止就是和臺灣的年輕人有些兩樣。至於不一樣在哪裡？那就不是吳太太分析得了的了。

順著過去，有永安和先施幾家大百貨公司，陳列的都是高級洋貨，每樣標價乘以八後都十分驚人，鞋子換算下來總要四、五千一雙，襯衣也是這價，毛衣、洋裝、西服可就更貴得嚇人了。吳太太皺皺眉頭，原來還想買些化妝品送給月華的，可是想著還是問胖太太，也許她知道哪兒買得到便宜些的。

超級市場裡各國各樣巧克力糖堆積無數，吳太太想買些給孫子，可是算算價錢，和臺灣自己出產的也差不多，於是她只花了三塊錢港幣買了一小片走在路上嘗嘗。

百貨公司出來，該是晚飯時候了，可是她又不知道哪兒價錢公道，沿途只有些漂亮的咖啡座，她擔心太貴不願進去，可是又沒有小攤可以吃，最後她決定去那到處可見連鎖招牌的美心餐廳。挑了便宜的炸雞，小姐又問她喝什麼飲料，唸了大串英文，她一句也不懂，只得指別人桌上的橘子水，說她也要一杯。結果自然是吃不習慣又覺得乏味，價錢算下來竟然合臺幣一兩百塊。

走出美心餐廳，馬路上一片漆黑，原來人潮洶湧的大街，竟然在一頓晚餐間變得淒涼陰霾，所有的商店都拉下鐵門打烊了，街上行人疏疏落落，天色昏暗又飄著細雨，吳太太不禁打個寒戰一陣哆嗦。看看錶不過七點多鐘，想像中的香港應該是個熱鬧非凡的不夜之城，怎麼會這時分便關店人散，一片淒慘？

走在冷風苦雨中，想著常有聽聞的搶劫殺人，吳太太心臟簡直提到了喉嚨口，路邊再有那斜眉歪眼的無聊男子多瞟上一眼，兩腳不由加快，只見她孤苦伶仃的便在長街上蹣跚的跑了起來。

第三日

早上出門已經十點，街上商店陸續開門，經過銀行門口只見些肩上扛槍身穿制服的印度阿三在騎樓下巡看。吳太太一邊剝著剛買的糖炒栗子，問胖太太道：

「香港的商店怎麼晚上六、七點就打烊了？昨天晚上我一個人走在路上，黑漆漆冷清清的，差點沒把我嚇死。」

「有些地方早一點，怕人搶哪！像銅鑼灣一帶就不會了，總要十點以後才關門。」胖太太吃的則是一磅紫紅的新鮮櫻桃：「吳太太，今晚上有朋友請妳吃飯啊？」

提起秀琴要請她吃飯，吳太太便覺得臉上有了光彩，好歹她在香港也是有朋友的。

「是啊！等下還要請妳再指給我知道『華都』在哪裡。」

「沒問題！不過，吳太太，去觀光飯店，我看妳得趕快買套新衣服換換吧！」

「我也這麼想呢！」

胖太太儼然是購物老手，先帶吳太太到中環，一家家的看，衣服都漂亮，料子也好，只是價錢不便宜，甚至有些還貴得很呢！吳太太一樣也沒買下手。胖太太又七繞八彎的帶她去些小巷弄裡，有專門批發化妝品的小店，兩人買了些也不知眞假牌子的口紅、胭脂、花粉；又在另一條得往上坡走的長巷裡買了毛線、棉襖、皮包……走出巷子，可又是另一長條地勢略高的高級商店街。

中午她們乘坐電車到銅鑼灣，要下車兩人摸遍了口袋，皮包湊不出港幣六毛錢，急得滿頭汗水。香港這地方就這樣，坐車乘船不買票，一律自備零錢往筒裡扔。後來還是位好心的小姐換給她們，才算下了車。

在家小燒臘店，兩人吃了廣州炒飯，於是又開始做逛街、購物的奮戰。百貨公司、成衣店、小地攤，她們是一樣也不放過，當然又耗時間又累人，可是總得撐下去啊！因爲東西是一定要買的。

胖太太只要見到打折就覺得便宜，毛衣、襯衣、套裝、西褲……什麼都買。吳太太因爲鈔票有限，只敢小心計算著買了套咖啡色佳積洋裝準備晚上穿，又買了件灰藍短大衣。另外給國成買了襯衣、毛衣，還有孫子的小童裝；又記起月華總羨慕林太太從香港帶回去的一套絲絨女西裝，吳太太仔細比著價，好不容易看中了一套不太貴的呢料格子裙套裝。想著月華一定會歡喜得不得了，吳太太便得意的笑了。

兩人走了一整個下午，那腿疼得幾乎都不像是屬於自己的了，眞叫舉步維艱，兩手又提滿了大包小包不能再多拿一樣，這才決定先回旅館休息一會兒再說。

「我的天！都快走不動了，我看我們叫計程車回去吧！」

「計程車？妳以爲香港計程車這麼好叫啊？」胖太太說：「妳站著等等看，什麼時候才會有計程車輪到我們坐？妳不知道機場和碼頭等計程車的隊伍排得有多長呢？還當和臺北一樣？隨手可以攔到車啊？」

她倆最後還是乘坐電車擠擠撞撞的回到旅館。

胖太太進門便用枕頭將兩腿墊高倒到床上呼呼大睡；吳太太卻只能略做休息，梳洗後換了新衣裳、新鞋，匆匆的趕去赴約。

走上街，就發現天色已晚，又碰上了人車洶湧的下班時間。吳太太找到了電車候車亭，手裡緊緊捏著零錢，卻是車一靠站，立刻兩面人潮蜂擁而上，嚇得她一把老骨頭縮回好遠。這和臺北上、下班擠公車的情況比較起來，眞是有過之而無不及。

又等了兩班車，吳太太總算擠了上去，可是老爺車轟轟隆隆的搖到了中環，卻不知爲什麼發生了故障。電車拋錨麻煩可就大了，堵在十字路口，左右動不得，前後靠這條軌道行車的也再動彈不得。怨聲謾罵四起，有人下了車，吳太太受不了車裡的密不透氣，她也決定下來看看情況再說，不一定奇蹟出現會給她攔到一輛計程車！

她走走停停，大車子是一部也過不來，計程車看到幾輛，但是裡頭不是已經載了乘客，便是車錶上掩塊布巾表示不再營業。

吳太太狠下心只管往前走，可是偏偏她穿的雙新鞋，夾腳得厲害。再過去只見一片挖挖補補聽說興建什麼地下鐵的大馬路，她這才是叫天不應叫地不靈，脫下鞋看看，腳跟的水泡都已經破了。此時她可眞恨透了這香港，巴不得立刻就回臺灣去才好。

一路腳痛，走急了出汗，心中又擔著害怕，一直走到皇后大道中和德輔道中的交叉口上，才算遇見一輛寫著到「大丸」的小型巴士。

華都眞是家大觀光飯店，大廳裡裝潢豪華，皮面沙發大理石貼牆。吳太太戰戰兢兢的進去，走了一圈也沒找到人，這才想起，這麼大幢高樓，秀琴可是約她在哪裡啊？看看錶已經過了七點，是不是她已經走了呢？或者是在某一間餐廳等她？中餐還是西餐呢？吳太太一點也想不起來了。

最後她決定乘電梯上去看看。但是，二十多層的樓，可到哪去找呢？快速電梯一下子就上了頂樓，走出來赫然是一片落地玻璃窗的西餐廳，裡頭燭光搖曳，和窗外晶亮閃爍的香港夜景相互輝映。侍者向她淺淺鞠著躬，吳太太不知所措，立刻返身又回到電梯間。

電梯在第十七層停住了，進來一個穿皮夾克兩手插在口袋不肯拿出來的長髮男子。吳太太猛然想起林太太曾警告她，不要單獨與陌生人同乘電梯。她心臟亂跳，兩手緊緊提著小皮包，決定男人只要一有動靜，她立刻雙手捧上，免得他動刀槍嚇死人。

又回到底層，梯門開了，穿皮夾克的男子瞪著高有兩吋的皮靴搖晃了出去。吳太太癱軟的倚在牆上，半天才換過氣來。

再回到大廳，她還沒回過神呢，冷不防給隻手扯住，嚇得吳太太失口驚叫出聲。

「是我啊，妳怎麼啦？」

秀珍穿著襯絨旗袍、毛呢大衣，一身珠光寶氣，鑽戒、玉鐲……看來她先生在香港發了財的話一點不假。

「我，我以爲妳已經走了。」

「怎麼會？說好了不見不散嘛！我們一直坐在那兒啊！」她說著指了指大廳中央的沙發座，又將丈夫和兒子介紹給吳太太。

秀琴的先生，吳太太在臺灣認得，只是不太熟，如今再見，只見他兩鬢已白，更加發福了。兒子是來香港才生的，二十歲上下，頭髮披肩，還燙得鬈鬈的，個子細細長長，不愛說話，但是只要開口，便是一嘴叫人聽不懂的廣東話。

「去！去！把車子開出來。」秀琴催著兒子，又問吳太太：「妳想吃什麼？我們出去吃。」

吳太太一陣失望，原來他們並不打算在這兒請她吃飯啊！

秀琴的車很漂亮，玻璃窗也是自動升降的。車往前開著，他們一家三口仍在爭執著到底上哪兒吃飯。

「讓吳太太說吧！是吃中菜？西餐？海鮮？還是日本料理？」秀琴先生問著。

「我隨便！」

「隨便不行啊！」秀琴仍是不改當年的爽快脾氣：「我們姐妹那麼多年不見了，妳又難得來趟香港，請妳一頓飯是應該的。妳說，妳說。」

「那！吃海鮮吧！聽說香港海鮮有名。」

「好！去香港仔吧！」秀琴先生拿定了主意：「阿勝！到『珍寶』。」

他們一行取道經過跑馬地，沿路風光幾近臺北的天母、陽明山，山坡地上環境清幽，屬於高雅的住宅區。「珍寶海鮮舫」是艘四層樓高的大船，停靠在岸邊上，外觀金碧輝煌，宮殿裝飾，裡面紅面地毯朱漆雕欄杆，樓梯扶手一律是擦拭得晶亮的黃銅。

「哇！好大的船哪！可以開出海嗎？」吳太太讚嘆不已，她已經不再惋惜秀琴沒有在華都請她吃飯了。

「聽說是可以出海的眞船，只是沒見它開出去過。」

秀琴先生也是出手慷慨的人，不過四個人，卻點叫了九道大菜，龍蝦、螃蟹、鴿子……還有些吳太太不認得的各式海產貝類。最後結下帳來，一共七百多港幣，乘以八眞是不得了。

回程路上，吳太太與秀琴閒話家常。下山後車子彎過街口，只見路上突然有人往前一栽，倒在地上，一條人影倏的掉頭就跑。街上行人紛紛圍了上去，吳太太也好奇的回頭由車窗眺望。

「怎麼回事啊？」

「誰知道。」秀琴聳聳肩：「不是打架、殺人，就是有人遇害。」

「香港搶人的眞的那麼多啊？」

「這兩年還好呢，三年前吧！我上菜場買菜，有人由後頭一把扼住我脖子，」秀琴說著，還加帶表演：「我還以為熟人開玩笑呢！正想開口，人就莫名其妙的昏過去了。醒來躺在馬路上，錢包、手錶都給搶走了。」

「眞的呀？多可怕！」

吳太太不由感覺一陣喪氣，剛才吃飽喝足的樂陶然，一股腦的煙消雲散了。

第四日

早上胖太太帶吳太太坐渡輪過海。港口裡大船、小船，停泊了好些，看著十分熱鬧。尤其碰上個出太陽的大好天氣，到處暖洋洋的一片祥和，坐到船上更覺得有趣。

「香港這地方，好像眞好賺錢啊！」吳太太不覺又誇耀自己的朋友：「秀琴她先生開什麼股票行，在大廈裡有兩間辦公室，自己又有房子有車的。」

「有錢的有錢，窮的窮得要死。」胖太太自然也不甘示弱：「我有個親戚在香港做黃金買賣，發得不得了。房子好幾棟，車子三輛。」

原來九龍也和香港一樣，商店多又熱鬧。她們先到廣東道，那兒上午整條街擺著攤子賣玉鐲、玉器，各式各樣小首飾，貴的便宜的都有。吳太太早想有隻玉鐲，左挑右選，殺了個半價才決定了一隻戴在腕上，又擔心月華看了眼酸，又在成堆擱賣的地攤上揀了港幣七十塊一隻的包好。

中午她們去逛海運大廈，在樓上吃西式自助餐，吳太太一連取了三碟菜，竟然也都吃光了。

飯後胖太太領她在尖沙咀一帶逛大街，彌頓道來回走了兩趟，又進龍子行開開眼界。另外胖太太在布莊選了綢緞、襯絨什麼的，最後還買了件兔皮大衣，看得吳太太好不羨慕。

經過一處菜市，附近辦公樓門口，停了輛大型遊覽車，下車的卻是臺灣來的遊客，領隊一個年輕男人一路說著：

「這兒是批發行，東西比外頭便宜得多啊！」

吳太太和胖太太連忙也跟了上去，三樓竟然是個堆積雜亂的販賣中行，她們跟著眾人胡亂抓取，什麼香菇、鮑魚、螺肉、高麗黑棗、南棗合桃糕……一口氣買了好大兩口袋。歡歡喜喜的結了帳，卻是出來沒多遠，經過一家乾貨鋪門口，只見堆著老高的鮑魚罐頭，一樣的牌子，標價卻要比那批發店還便宜。

兩人這一氣，興致大減，拎著大包小包，垂頭喪氣的往回又乘渡輪過香港去。由天星碼頭出來，等計程車的隊伍排得老長，兩人只得過地下道走路回去。拎得大包小包，兩腳又痠又疼，過馬路時，偏偏吳太太仍不習慣香港的靠左行車，她按著自己的習慣頭向左看，沒有車人便跨步，卻不料車由她右手邊而來，噗的一個緊急煞車，好在沒有踫上人，只是將買的東西撞落一地。

也不知道那駕車的叫罵了些什麼，只見他揚長而去。胖太太幫著拾起東西，埋怨她說：

「跟妳說多少次了，這兒的車都是靠左邊走的。」

吳太太苦著臉，眼睛裡溼閃閃的，半天才聽她嘀咕道：

「眞想回家了！」

晚上胡亂吃了點東西，開始整理行囊，手提箱塞得滿滿後，再也裝不下的，只好用商店的塑膠口袋裝了。八點左右，忽然有人敲門，兩人小心問著來人是誰，外頭男人聲音說：

「我啊！那天去機場接妳們的呀！」

原來是瘦子送委託行託帶的箱子來了，好大的兩隻，沉重得不得了，另外瘦子手上還拎了件花紋漂亮、色澤飽滿鮮亮的豹皮大衣。

「這大衣麻煩那位披著回去，免得上稅啊！」

「不行！不行！」胖太太忙搖著大手，拿出自己的大衣，說：「我已經穿一件了。」

「那！」瘦子只好轉問吳太太：「妳幫忙吧！」

「明天如果出太陽，不冷怎麼辦？」吳太太爲難的說。

「那也沒辦法啊！」瘦子站了起身告辭：「明天我會開車來接你們。」

瘦子走後不久，兩人正愁苦著如果明天氣溫太高如何是好呢？只聽門外一陣人聲喧嘩，吳太太隨胖太太忙探出頭去看個究竟，只見走道盡頭圍了大群人，有男有女，中間兩個老太太正捶胸頓足不知哭訴些什麼。因爲大家都是臺灣來的，出於好奇，也是關心，她們挨了過去想弄明白發生的事情。原來兩個老太太剛才採購回來，竟然被三名年輕男子撞進門去，持刀搶走了大部分現款和配戴的首飾。

「有這樣的事？旅館要負責任啊！」

「哼！負責任？」答話的是個三十多歲高眺身材女人，她滿臉不悅沒有一點好氣的說：「算了，要自認倒楣。花了錢來觀光，結果是受洋罪，說好住觀光飯店的，這叫觀光飯店嗎？破破爛爛，廁所不通，洗澡沒熱水不說，沒有管理沒有警衛，我說遲早是要出事。」

「你們是跟旅行團來的？」

「是啊！人生地不熟的，就希望花點錢能有處好招待，好導遊。哼！別說了，說著我就有氣。」但是她又憋不住，還是一口氣說了：「住沒住好，遊覽車走走會拋錨，導遊對遊覽不帶勁，可是卻熱心領我們去買東西，如果我們不在指定的地方購物，還會給臉色看。你看這是觀光還是活受罪？氣死人！我巴不得現在就回家去才好……」

兩個老太太仍然說一陣、氣一陣、紅一陣眼，大家也只能勸勸，也就散了。吳太太回到房裡，只覺得心還忐忑亂跳，把房門鎖好，又將茶几移了抵住，才和胖太太說：

「好在我們明天就回去了。」

第五日

今年秋涼得早，中秋後便有了寒意，但是奇特的是入冬後，反而不曾眞正冷過，經常有著太陽，平均氣溫都在二十多度。這天也不例外，清早拉開窗簾，就只見馬路一半是映在太陽光下，亮閃閃的耀人眼睛。吳太太平生沒穿過這麼昂貴的毛皮大衣，原來還有些歡喜的心情，可是偏偏碰上這樣天氣，她就只好自認倒楣了。

瘦子送她們到機場，幫著將行李過磅，看著她們走進出境室，才算任務達成。吳太太和胖太太一人一件毛皮大衣，穿著難受，又引人訕笑，於是脫了拿在手上。在免稅商店買了菸酒，原還想再買些別的，可是實在是兩手都拎滿再也拿不了了。

回程是中華航空公司飛機，準時起飛，空中小姐都會說國語，吳太太覺得心情愉快得多。飛機上，胖太太中餐也來不及吃，只忙著將些藥材左藏右塞，還遞了些擱在吳太太口袋裡。到達臺北上空，遠遠就看見圓山大飯店的巨型宮殿式高樓坐落在小山坡地上，吳太太和胖太太大大的鬆了口氣，可終於到家啦！

一下飛機，大家搶著取行李趕往驗關，吳太太和胖太太因爲東西多慢了一步，結果排在最後。她倆都穿著老厚的毛皮大衣，加上心情緊張，室內雖然有空氣調節可是仍然汗如雨下。

「我們這許多東西，不知道會不會上稅啊？」

「箱子裡的上了稅是他們的事。我只擔心我這些中藥，眞是買得太多了些。」

排在兩人前頭的是一對老夫妻，除了三口皮箱，足有四隻紙箱，磨菇了足足半個鐘頭才算完事，最後幾樣電器一一上了稅，老太太直呼划不來，這下比在臺北買還貴些呢！

輪到吳太太她們，那位海關先生立刻搖起頭來：

「口袋裡的都拿出來，不要我去搜吧？」

兩人沒辦法，只好掏出藥品擱在檯上，胖太太還涎著笑臉，一再說著拜託！拜託！

「買這許多幹什麼？開藥房啊？」海關說著，就抽出檯子下頭一隻大木盒，將所有人參、藥丸全掃了進去。

胖太太這下兩腳發軟，臉都白了，只差沒哭出聲來：

「拜託！拜託你！」

海關也不出聲，又開了大皮箱，只見蓋頂一彈開，裡頭結結實實塞滿了襯衣、外套、長褲、裙子……

「妳們這是幹什麼啊？」

「我們……」吳太太鐵青著臉，結結巴巴照著瘦子教他的說：「買給家裡人穿的。」

「算了，算了！不要把我當傻瓜。」他又翻找一番，看看欲哭無淚的胖太太，搖著頭又從木箱中取出部分藥材：「以後少帶點。其他匪貨一律沒收。」

吳太太陪著胖太太千恩萬謝的。只是兩口箱子打開了，竟然因為裝得太滿，再也關不上，惹得那海關又搖頭，自言自語說：

「眞有辦法，裝得進去可再蓋不上了。」

吳太太和胖太太不由紅了臉。

接飛機的人幾乎比入境的旅客還多出幾倍，擠得門口水洩不通。吳太太和胖太太一踩出自動門，便各自被親友蜂擁開了，就連說聲再見也都沒了機會。

國成和月華開了計程車來接吳太太回家，車才進巷口，左鄰右舍的大人小孩全探出頭來打著招呼，吳太太不覺一陣衣錦榮歸的驕傲，但是又總繫懷著在外頭的委屈，兩種情緒梗在心頭，令她一時就分不清自己到底是歡喜還是不歡喜。

二樓郭太太，巷口林太太，還有好些大人、孩子跟著擠進吳家，小客廳頓時人聲喧嘩，熱鬧非常。

「吳太太！買些什麼？拿出來瞧瞧吧！」

不由分說的，吳太太的手提箱，塑膠提袋，所有的東西全給抖在地板上。孩子開始分糖果、口香糖，太太們一樣樣問著，這誰的？那誰的？評頭論足……

「喲！吳太太！妳這玉鐲買給媳婦啊？怎麼買得這顏色？大理石一樣？」

「吳太太！妳買金鍊子啊？前幾天買划不來啊！這兩天才跌呢！」

「這香菇太薄了，要厚的才好。」

「鮑魚？這牌子不好啊！我吃過。」

「吳太太！妳這衣裳什麼料子？不是毛的？」

「這口紅是什麼牌子啊？沒聽說過，一定是雜牌。」

「吳太太！妳買絲襪幹什麼？臺灣的又便宜又好。」

「唉呀！媽！」最響亮的一聲是出自月華：「妳怎麼買了臺灣製的毛衣回來啊？眞是，媽！我已經和國成商量好了，下個月標下會來，他讓我跟旅行社辦的觀光團到香港去觀光。妳說，香港到底好不好玩啊？」

幾天的辛勞和那些不中聽的話，氣得吳太太早氣如游絲的癱躺在沙發椅中，聽月華問她

好不好玩?想著每個人玩法不同,總不能一概而論啊!她懶懶的說:

「去了就知道了。」

無題的畫

因爲很久沒有聽人再提起葉崇，我們幾乎是要將她和她的一切逐漸淡忘了，卻在這時報紙的藝文版刊登了她由巴黎回來的消息。沈剛偕她一同返國，他們是否正式結婚，我們不得而知，不過報上是稱呼兩人爲夫婦，而且載明他們近期將在藍山藝廊舉行聯合畫展。由記者的報導，說她已經從傳統的束縛中得到了解脫……云云，我們大致上可以了解，葉崇此時的畫風顯然是受了沈剛的影響，毅然脫離賴恒修的寫實作風，而轉變得近於沈剛超現實的路線。

這回要不是因爲葉崇回國的消息，說眞的，我們也再不會記起賴恒修。雖然，就算是此時在國內若誰要論起新寫實主義，大家還是會在心底嘀咕一句——賴恒修那一輩早就開始參考相片的光影作畫，只是筆觸粗獷些罷了——但是到底他已經是屬於過氣了的老派人物了。照理說我們還該尊稱他聲賴大師，可是後來就在他和葉崇的關係日趨複雜下，我們開始在背後直呼他的名姓。

據說葉崇走後，賴恒修仍然住在原處，只是誰也沒有再見過他，更不知道他是否還有作品？於是我們終於又興起了去探望他的念頭。

賴恒修這位享譽於臺灣光復時期畫壇的老畫家，早歲負笈內地，畢業於上海藝專，後來由師長引薦，遠赴日本，雖然沒有正式進入美術學校，卻也隨著當時頗有盛名的幾位畫家習畫，又遍遊歐洲大陸，觀摩作畫，並多次在國際性畫展中獲獎，也得到畫界讚美與重視，而且被東京著名的美術團體邀爲會員。數十年來，他致力於水彩畫與油畫，題材選擇極廣，包括了風景、人物、靜物……尤其擅長將深意寄寓於畫面人物的表情、動作，鄉土氣息濃厚，在寫實中表現出光影的層次和空間關係。他的作品色彩多沉鬱，總歡喜以某一色調統籌全畫面，氣氛統一，給人的感受是深刻而完整的。

那幾年，我們經常可以在一些畫展或是座談會上見到他。而眞正的認識，則是爲了任職的美術雜誌社要出一期以他爲專題的介紹文字，我們前去做訪問。他沒有邀請我們去他的畫室，而指定了一家他經常在那裡休歇、邀會朋友的咖啡室。

賴恒修較我們先到，正悠閒的吸著菸，翻著大疊的報紙。那是家裝潢簡樸的咖啡室，原木的桌椅和牆壁、地板，連亮漆也不曾塗上。冬季的午後日頭，透過玻璃窗斜照進來，半邊有光的地方，就看它蘊浮了一片細微的灰燼，像層浮游的薄霧，只是從沒有人覺得它骯髒。賴恒修便坐在那光塵之中，他方正飽滿的臉龐，因爲上了年紀，肌肉已經有了鬆垮的跡象，但是歲月卻改變不了他挺直鼻梁的英氣，和眼神中閃爍的智慧，尤其當他牽起薄脣淺笑，就像天下再沒有他不能理解之事了。他仍戴著一頂冬日裡他常戴的法國式軟帽，腦後頭髮是漂亮的灰黑顏色，穿著暗藍的厚毛呢短大衣，領口露出裡面棕青色的羊毛衣和棗紅領帶，一副深沉的貴族式便裝打扮，正是和他已有的身分搭配恰當。他看來比夏天我們在某些畫展會場遠遠見著的他，更覺得龐然壯碩；講話聲音也是沉著洪亮的；尤其五十多歲的人了，居然仍是一派意氣風發，滿懷著熱情呢。他吸菸很多，聽說酒量更大；順著話題，他可以獨自訴說了半點鐘仍不休止，竟然聽者也不覺得枯燥，這大概和他多年的經歷和本身的見識有關。

聽他滔滔不絕，說自己，也論別人；說臺灣，也講國外，當然離不開美術。不過由他談話漸漸可以了解，他興趣廣泛，不論音樂、文藝都有所涉獵。但是當問題離開藝術而轉向現實環境——藝廊、經理人、授課學校的人事等等，你會開始發現他侷促不安、難適應的種種問題。看他鎖緊眉頭，無奈的一再攤開兩手補助著語氣，說：

「坦白說，我不喜歡教畫，我只喜歡畫畫。可是我不上課行嗎？靠賣畫早餓死了，再說，我又不喜歡把畫賣給外國人。還有現在的畫廊，我覺得勢利，少來往好……」

原來這個身材魁梧，大半輩子爲了追求美而工作不輟的繪畫者，竟然也有著如此脆弱得叫人心疼的一面。

再見賴恒修，是他答允我們前去參觀他的畫室，那次葉崇也隨著我們一道去的。賴恒修住在市區的近郊，是幢老舊的唐式建築，竹籬笆裡一小片空地又有些雜亂的青草，看來是少經整理的。上了玄關，裡面鋪著榻榻米，走在上頭略略有些黏溼的感覺。客廳十分窄小，除了兩把籐椅外，就擱了張茶几。左手拉開紙門進去，則是兩個房間打通了的畫室，約有十多坪大，算是相當寬敞。但是畫室裡給人的第一印象，卻是相當的髒亂，四周靠牆堆砌擱置著灰塵滿布的物品，窗簾是灰舊土褐的布幔，榻榻米更是到處攤灑著再也擦洗不乾淨了的顏料斑點，乍看這兒就像所廢棄了的堆棧一樣。不過若是有心仔細打量，則會發現堆置的原來都是些無價的創作和美術用具，及少量的山地原始藝術品。還有那面靠著後院的牆堵，也經整扇改裝成了玻璃窗，所以這確是間採光良好的畫室。他的畫架就擱在窗邊，上頭是幅水彩速寫，取材是批上山的進香客。

葉崇馬上便對這幅畫產生了濃厚興趣，她一如慣常的蠻悍，甩開一頭平直的短髮，表情嚴肅的糾纏住賴恒修爲她解析這樣陳舊的題材還有什麼可以表現新義的地方？

這是我們早已見慣了的，所以也懶得理會，只把注意力全部集中去研究那批堆棧中的瑰寶。其中水彩居多，其次才是油畫，年代都極早，有些是從前在畫展雜誌上欣賞過的，大半則是第一次見到的早期習作。這些之外，最最使人意外的發現，是幾件賴恒修的雕塑作品，這是一般人都幾乎不曾知道的。一件類似仿高山族圖騰的木雕，畫案十分精細；一件木刻觀音，神韻天成；尤其令人矚目的，該是桌几上一座刻有愛妻、女兒字樣的母女嬉戲雕塑，稚女俯地玩耍，母親彎身探視而笑，線條流利婉轉溫雅，其中親情流露尤是耐人尋味。

賴恒修在日本娶妻生子，聽說妻子隨他回臺灣後不久便過世了，留下一兒一女，現在都已經長大成人，各有家庭事業。也難怪這麼個缺了女主人的家是如此的陳舊破落，就連母女的塑像，也只是這麼壅塞雜陳在一些用來練習素描的石膏像間。

那天我們並沒有獲得主人的熱情款待，問題就出在葉崇的口不擇言。賴恒修雖然嘴裡沒有表示什麼不悅，可是誰都能從他冷漠的臉色和緊抿起的脣角看出些端倪，於是我們識趣的打斷了葉崇的喋喋不休告辭出來。

「他挺頑固的，一個藝術家只一味的堅持己見不是什麼好事。」葉崇第一個發表了看法：「他們這些老派畫家，就根本看不起現代畫，覺得是胡搞……」

「咦？我聽他只是說，不同意像妳這樣連素描底子都沒打好的年輕人鬼畫符？」

有人頂了她一句。葉崇悻悻的一聳肩，甩頭走開，只丟下一句：

「他又知道我素描不好了?」

這就是葉崇，她生得瘦小清秀，卻有一對晶亮慧黠的大眼睛，再加上充沛的精力，她就像頭幼獅，無時無刻不準備著攻擊對手。那年她剛從學校美術系畢業，多作水油畫，醉心抽象形式的表現。我們對她的作品不敢苟同，但是卻因爲一樣年輕而成爲朋友。她是個自信而想法開放的女孩，好奇、追求新鮮，標榜不穿胸衣，經常把性問題掛在嘴邊，天下就沒有她需要避諱的事。幾次朋友沒有錢請模特兒畫裸女，她自告奮勇扒了衣服權充，竟然也有極佳的表現，另外，她還有一套完整的適者生存的理論，是這麼說的：

「做人嘛！就是要事事勝算一籌才會出人頭地。我就不反對爲人要厲害，不爭不進取，你就窩囊一輩子好了。」

葉崇身體力行，首先就應用在交男友這件事上。畢業後，她立刻甩掉了那個在學校鋒頭穩健，出了校門原來只能勝任一份國中教員工作的男朋友；而在一次攝影展中主動結識了一位小有名氣的攝影師。雖然對方早有妻室，但是葉崇一點兒也不在意，她說愛情不是任何條文可以約束的，他們不能因爲有那麼個法律承認的女人而不相愛。據說，兩人愛戀之暇，仍是十分發憤進取；葉崇作畫不輟，攝影師也以她作畫神態爲主題，拍成一系列作品，計畫著有一天將舉辦一次別開生面的聯合攝影、畫展。

葉崇已經改嫁了的母親住在中部，對這個女兒是一點辦法也沒有，幾次北上求她不要丟人現眼，叫家裡見不得人。可是葉崇哪裡聽得進去，她倒一直逼著他們和她脫離關係，免得總說她玷污了誰。

比葉崇母親更難以忍受的，當然就是攝影師的太太。葉崇經常半夜裡心血來潮，會撥個電話叫她的攝影師出來陪她去看海、聽潮聲。攝影師太太精神瀕臨崩潰，吵著要離婚，攝影師也鬧著要和葉崇結婚，可是葉崇卻說：不！她自比是天下第一痴情女子，她愛得深，愛得切，愛得真，這是誰也比不上的。但是她從不要求明天，因為明天將是另一個嶄新的時刻，沒有人知道將會發生什麼事情，所以她絕不結婚。

就在去過賴恒修畫室後不久，我們還當葉崇和她的攝影師正在如火如荼的熱戀呢。卻有一天下午，我們編輯社闖進一個身材矮小，面貌稚嫩，年紀卻有二十七、八的男子，他身穿緊綁腿肚的牛仔褲，一雙舊皮靴踢躂踢躂拖著，進門就要找葉崇。

「葉崇不在這裡。」我們告訴他。

「真的？你們真的沒見到她？」他說話時脣角顫抖得厲害，十分神經質的：「她說會和我連絡的，可是已經五天了。你們真的沒見到她？」

後來我們才知道他就是那個攝影師。

再見到葉崇，她對小個子攝影師沒頭蒼蠅似的找她這事，沒有任何表示，只是不愉快的聳聳她那細小可愛的鼻尖。那時候葉崇已經是賴恒修的入室弟子了。

事情是這樣的。葉崇不經邀請獨自再闖賴恒修的畫室，爲的是眞理愈辯愈明，她要賴恒修承認她對繪畫的看法是正確的。結果是賴恒修再也按捺不住，粗紅了脖子將她搯出門外。葉崇回去後輾轉苦思一夜，第二天竟然大徹大悟，前去向賴恒修請罪，而且自求拜在門下。這事聽來荒謬，可是確有其事。至於賴恒修多年在專校美術科教授西畫，從不私下收學生，爲了是他不善教學，和維持他「遠星畫會」審查委員的清譽。而葉崇又如何令他回心轉意收了這樣的學生，這可就不是我們局外第三者所能領會的事了。

舊曆年後，搞美術設計的小唐辦妥了探親手續，預備前去紐約遊學。小唐父母長年住在南部，臺北的房子平時就只有小唐一個人住。所以我們藉了他的地方爲他餞行。大家七手八腳，弄來牛肉、豬肉，湊成一爐火鍋，正待開動，卻來了不速之客——葉崇牛仔褲、鵝黃粗線衫，顫著小小的胸脯，挽了個塊頭足足大她兩倍的賴恒修進來，還說我們不夠意思，沒有把她當個朋友。

「唉呀！是您神出鬼沒，誰找得著啊！」小唐找來坐椅，又將大麴斟上，先敬賴恒修：「大師！勞您駕光臨，眞是愧不敢當。」

賴恒修欠著身子將酒一口飲盡，表現得極爽快。他入坐時，還略有些窘態，彷彿總覺得自己占了人家的位置，緊朝後挪著坐。我們當然知道，他是面對著我們一群後生，眞有些不好意思呢！後來大家有意的叫他釋懷，哄哄鬧鬧勸他喝酒，他倒也從不推拒，一杯接著一杯，等酒意上來了，就再也沒有了拘束。

本來我們只當葉崇話多，不知道賴恒修開了話匣子便再也收不住。憑他這樣年紀、經歷，就算是隨手拈起一兩件有名有姓人的逸事說說，便足夠將我們唬得一愣一愣了。尤其葉崇還有意的炫耀，引著他說這道那。

「昨天畫室裡來了好些人物，遠星畫會的全來了，還有林德壽呢！他老多了，從前在學校看他還沒這麼見老，頭髮都白光啦！他還是賴老師的學長呢！」

「嗯！嗯！」葉崇的話，總是勾起賴恒修無限的回憶。他端起杯子開始主動的輪番找人陪他喝酒，嘴裡跟著嘀咕：「德壽在日本很照顧我，他才眞是有大家的氣勢，當年何等的肯下功夫啊！成天裡有二十小時都用在畫上啦！現在這些人，嘖！嘖！算什麼呢？只懂得爲自己吹捧……唉！那時候在日本，我們經常窮得三餐不繼，有白飯配鹹菜、梅子就已經很豐富了。不過，現在再回憶起來，又覺得那時候我們並不窮，因爲我們每天都在畫。年輕，對任何事都好奇，有衝勁。啊！啊！現在老了，不一樣了，喝酒吃飯，飽了腸胃，人就連感覺都困頓了。」

「你算什麼老？才壯年呢！」

葉崇說著又給他斟酒，還有意無意的伸手推他一下，賴恒修慢慢笑了，抬眼無限感慨的望著她。很感人的眼光，一個歷盡滄桑的老人，像是終於找到了他的棲息。不過我們都裝著沒看見，因爲看見了也只是平添一樁藝壇笑聞罷了。大夥仍然周旋飲酒，只是場面有些困乏。正在所有正經話題都叫人說倦了的當口，一聲門鈴響倒是有了提神醒腦的功效，大家都爲之精神一振。

「請進，請進。」

開門的小唐挪開了身子，我們才看清來的竟是葉崇那個小個子攝影師。他半個人都掩在門外的陰影之中，誰也看不眞切他臉上的表情。他只是兩手插在夾克口袋，一聲不響的拿著眼睛掃向桌上每一個人，最後他找著了葉崇。

「我就知道妳在這裡。」

他撇開小唐直逼向葉崇，原來稚氣的一張臉，現在被猙獰扭曲了。可是葉崇卻沒有被這突然而來的場面驚嚇住，她只是疑惑的望著他，又望望賴恒修，再望望桌上每一個人。

「坐！坐一下。」小唐又找來一把椅子。

「走開！」小個子攝影師卻一腳踢開坐椅，伸手去扯葉崇的手臂：「妳跟我走。」

「我憑什麼跟你走？」葉崇仍然不拿正眼去看他，只是望著桌面上狼藉的杯盤碗碟，還有那腥紅血軟被翻剔過無數回的肉片。

「憑什麼？妳還要問我憑什麼？憑我們的過去。」

「過去的早過去了。」

「妳！」小個子攝影師顫抖著脣角。誰也沒料到這麼瘦小的一個人，竟然也會兇猛起來，他一巴掌甩向葉崇。

有女人們的驚叫，男人們站起橫身攔住了小個子攝影師，一個個困乏的開始張嘴勸解。

「放開我！放開我！」

小個子攝影師在幾個男人手臂後掙扎撕扯，當然沒有人會放手，而他卻在掙扎中軟了手腳，幾乎是跪俯著伸開兩臂哀吼：

「葉崇！葉崇！原諒我！原諒我！」

當我們發現原來仍是場鬧劇，就只有任他們去了。小個子攝影師撲向面無表情的葉崇，一遍又一遍拽住她的手親吻，可是葉崇卻像揮擋著惡疾一般的閃躲。

「我對不起妳！我，對不起妳。」小個子攝影師繼續呢喃著，還用隻顫抖不定的手在夾克口袋中摸索，最後他取出了一隻小玻璃瓶：「跟我死吧！葉崇！跟我一起死掉！我求妳！我再也不知道怎麼樣愛妳……」

「我受夠你了！我為什麼要跟你死？要死你自己去好了。」葉崇霍的站起身，拉住賴恒修的臂膀說：「我們走。」

「不！葉崇……」

小個子攝影師撲上去便抱住葉崇的小腿不放。於是葉崇拽住賴恒修，小個子攝影師抱著葉崇，又有那上前拉扯勸解的，總之是一團混亂。而無辜的賴恒修，卻只是青白著臉，像是始終不了解這兒發生了怎麼一回事情！雖然回去後，葉崇會詳細的為他說明。

那晚後，葉崇算是正式擺脫了小個子攝影師，而她和賴恒修已經同居的消息也隨之傳了開去。

小唐走後，葉崇又邀我們去吃飯。再次造訪那幢陳舊的唐式房屋，卻懷著和上次兩樣的心情。屋外暗綠油漆一樣斑駁，屋裡依舊灰塵僕僕，但是卻多了一位年輕、活力充沛的女主人。葉崇頭上綁塊花布巾，手裡握枝水彩筆，一對慧黠的大眼睛喜悅的笑著：

「我正在作畫呢！來看看。」

她竟然放棄了抽象的水油畫，而開始作她一直不以為然的水彩畫。畫筆、筆刷、色盤、海棉、罐子、桶子……擱了一地。小桌几上，則攤著一本寫生用草稿畫簿，還有大疊彩色照片。拾起照片，才知道和葉崇畫架上那幅 55 × 77(cm)的未完成作品竟是同一個題材。一座蘆葦叢生的斷垣下，半蹲著一位賣糖葫蘆的老人，幾個稚齡孩童包圍著他叫笑，構成一幅極為造作的鄉土趣味圖畫。

「葉崇是我很少見過的眞正有才氣的女孩子。她聰慧、領悟力強，對事情的感覺敏銳，她知道做為一個美術家應該以怎樣的眼光去取材創作。我教她不要排斥照片，可以比較一下，透過第三隻眼睛所呈現的，和我們以美術家的眼睛表現的，有什麼不同。我們要再創造，而絕不只是因襲……」

任誰都看得出，賴恒修對葉崇繪畫的關愛，早已經超出了客觀立場。葉崇是他年輕的化身，他將全部的愛，全部的希望，全部的理想，完全寄託在她的身上，他要她代替他發光發熱，而葉崇也甘願扮演這樣的角色。

「因為我愛他！」

葉崇的愛是從來不允許別人否認的。

我們捧著賴恒修精緻的茶具，飲他浸泡著糙米的日本茶。賴恒修則坐在客廳唯一一隻電燈光源下，握著巨掌侃侃而談，彷彿天下至美全在他的掌握之中。而葉崇只是跪俯著，那麼崇敬的仰望著他，她的眼睛溼潤著，有著無限的愛意。只是，愛的種類太多啦！我們不了解她的愛。

五月裡，遠星畫會照例有次一年一度的徵選畫展。入選作者僅限一名，從此成爲遠星畫會會員，每年必須出品作品一件觀摩展覽，否則就是放棄資格。因爲遠星畫會創始會員如賴恒修者，素來爲人敬重；歷年入選作品也多有創意，是爲一時之選，所以年來頗受藝壇重視，成爲很有權威性的畫展。入選者也是一躍龍門，身價百倍，因此每年應徵者踴躍，各個均有雄厚的實力。

但是誰也不曾料到，當入選作品揭曉，竟然就是葉崇那幅賣糖葫蘆的水彩畫，定名爲「無題」。報章雜誌不明就裡，爭相報導，甚至還刊登了葉崇家居照片，原來她已經懷孕，穿著寬鬆袍褂，堅定而有力的站在自己畫作面前，有如是大地之母親。而且賴恒修更是親自執筆撰文，在好幾家美術雜誌上討論葉崇作品的風格。

就算是內舉不避親吧！可是事情還是做得太過火了。因爲誰都看得出來，那實在不是件什麼有獨到風格的作品，而只是賴恒修對那件作品付出了超凡的感情罷了。賴恒修很快的遭到了還擊，評論界不再緘默，大家指摘這次畫展評選有徇私情節，直接指出畫作的缺失；甚至和賴恒修私交甚篤的林德壽，也公開在文章裡說起「老牛吃嫩草」。在此鷸蚌相爭之際，眞正坐收其利的，自然便是我們任職的這些雜誌社，兩面文章都登，就怕不夠熱鬧，還美其名爲園地公開。

筆戰延續了將近三個月，賴恒修孤立奮戰，從不承認挫敗，結果最先呈現乏力狀態的倒是雜誌社，它因爲失去了新鮮感，而不再願意刊登任何有關文章。可是賴恒修並不就此罷休，他偕同葉崇親自帶了辯駁的稿子到我們編輯組來。

葉崇瘦多了，也不再是風采奕奕，興致勃勃的小女子，而凝了一臉屬於年輕的滄桑。見到我們，她只是聳聳已經不見光澤的小鼻子苦笑！

「都是他。我可是厭了，有什麼好爭的呢？」

可是賴恒修不這麼想，他要正義。因爲是夏天了，他沒有戴那頂軟帽，花白雜蕪的頭髮使他看來更覺得老態了，他努力試著說服我們，額頭都滲滿了汗水，最後我們總算讓他弄明白了問題在上級負責人的指示啊！

「眞的不能用嗎？」

他自言自語的。我們終於親眼見了他的挫敗。賴恒修扶起葉崇，穿過編輯室那狹窄又堆放了成捆書籍的小通道，兩人相依扶慰的情景，使人覺得心底十分的不忍。

「葉崇！孩子生了請我們客喲。」有人搭訕道。

葉崇和賴恒修同時回過臉來，向我們淒迷的一笑。

葉崇生了個兒子，可是卻並沒有給賴恒修帶來好運。遠星畫會礙於輿論，賴恒修的審查委員資格遭到除名；他在東京的兒子來信斥責父親行爲，並且拒絕承認有這麼個弟弟；他住臺北的女兒，受不了父親的醜聞，對外宣稱，只要葉崇在一天，她絕不再踏進家門一步。

孩子滿月我們去看葉崇，她正巧因爲感冒臥病床上。那個眾叛親離的老人，親自下廚燒水、煮飯，他龐巨的身影已經顯見傾駝，看著他忙著裡外瑣瑣碎碎，很容易使人聯想起森林中屬於自然的大灰熊的受困窘迫。

葉崇摟著個打成包，皺巴巴的小東西，她嘆口長氣，低聲如耳語般的說給我們聽：

「這樣下去不是辦法啊！開學的時候，兩個兼課的地方都沒有送聘書來，現在只能在所專任的學校混碗飯吃了。唉！我大概是把他折磨得不成樣子了，這樣下去不行啊！他才天眞呢！還說要和我辦結婚手續，那才傻呢！我是要走的，遲早要走的，這樣對兩個人都好。」

後來她果然是走了，而且走得那麼遠。

據葉崇自己說，她和沈剛高中時候就認識的。沈剛在法國學畫，年假裡回來省親，葉崇特地陪著他到社裡來央求我們在雜誌上爲他做一篇專訪。

那天葉崇看來和生產後的她，前後判若兩人。她穿著講究的毛呢裙裝，養長了的頭髮挽成髻盤在腦後，十足的少婦成熟韻致，尤其眉宇間神采飛揚，充滿了新生的希望。那沈剛長相正好和他取名相反，他個子細高，長手長腳長頭髮長臉，走起路來彎著脊背，總像是嫌自己長得太高，說話聲高音細，還帶著幾分女像。聊了幾句，更發現這不是個有誠意的傢伙，明明只是在巴黎一所名不見經傳的小畫室習畫，卻偏偏把他的師承說得赫赫有名；平日不過靠著繪製圖片在藝術手工藝區討生活，卻又要說他的畫如何受到重視……諸如此類，卻已經令葉崇痴迷心醉，終於扔下三個月大的孩子，飛向藝術家衷心嚮往的花都。

聽說，葉崇的飛機票都還是賴恒修爲她舉債湊齊的，因爲他要她去見識第一流的藝術品，只有知道什麼是傑作的人，才不會短視而不知長進啊！

「賴恒修不知道她是隨沈剛一道走的嗎？」

「當然知道，他親自送他們上機場呢！」

「他以爲她還會回來？」

「誰知道呢？」

賴恒修沉重而蹣跚著步履，緩緩由人叢中走出機場大廳，冷寒的晚風爭著老人頭上皺癟的軟帽，他的銀髮發怒的拍打不歇。而賴恒修只是靜靜站著，看盡送往迎來的悲歡離合，臉上是那麼冷淡而不帶任何表情。誰又知道他心底所眞正想著的是什麼呢？

星期六的下午，我們終於抽出了空暇去探望賴恒修。經過這麼漫長的幾年，世事都在出人意料的變化著，就連我們一群，也結婚生子忙於事業賺錢，再不是當年口口聲聲爲臺北文化拓荒的鬥士了。而一直沒有改變的，似乎只有賴恒修的唐式木造房屋。它仍然是一片暗綠斑駁的漆色，庭園裡半人高的雜草，幾乎連走人的小路都給淹沒了，走入玄關，探頭進去可以從沒有拉攏的舊紙門望盡那間畫室。因爲下了窗簾，裡頭一片昏暗，但是久了，仍能隱約看見一屋子的殘破和灰塵，甚至其中的酸腥霉晦可以用鼻子嗅到。

「喂！喂！你們要找誰？探頭探腦的？」

出來是個四、五十歲瘦小乾枯的婦人，拎隻花布口袋。她原來就噘著嘴同人生氣的模樣，這下子看見我們，更是氣勢洶洶了。

「請問賴恒修，賴先生是不是還住這裡？」

「不住這裡住哪裡？你們找他幹什麼？他不在啦！」

「什麼時候回來？」

「不知道。」婦人甩頭便出去，可是沒走兩步，她又折了回來，自己嘀咕著：「唉！不幹了門還是替他鎖上，我們可不是那種亂七八糟死活不管的人。」

婦人將拉門上了把鐵鏽斑斑的大鎖，見我們仍然一邊站著，便有些心軟似的嘆口氣：

「到水田去找找啦！一定是帶了那個傻瓜去散步了。哼！明明是個傻瓜，還當寶貝似的，就叫人看不慣。」

「水田？就是屋後頭嗎？」

「是啦！」

和婦人一道出去，她見我們看似好性子的人，便像找著了最好的抱怨對象，喋喋不休了起來：

「人家說愈老愈怪，眞是不假。整天不和人說一句話，可是發起脾氣來卻兇得嚇人。一個傻瓜兒子，寶貝得什麼一樣？只不過摔了跤頭上起個包，哪家孩子不摔摔撞撞的！嚇！老頭子回來看見，不得了啦！像要了他命一樣，又跳又叫。哼！他有本事就再請人好了，我看誰會給他帶那個小白痴。」

「白痴？」

「是啊！老頭子那個傻瓜兒子啊！說什麼小時候發高燒燒的……哼！誰知道呢！」

出了巷子，婦人指了條叉路給我們。果然過了大水渠後頭是一片禁建的水稻田。就在田埂間，剛插的嫩秧苗綠油油的迎風輕擺，可是鄰近卻有幾家鐵工廠呼嚕呼嚕的冒著黑煙。這就是都市鄰近的田野。

婦人說得不錯，往前走著，我們果然遠遠望見了一老一少，都穿著深重顏色的老厚衣裳，蹣跚走在落日的田埂間，恍若一幅畫不盡的悲涼。賴恒修的背更加彎駝了，或者只是爲了遷就孩子吧。當父子倆走近了，我們才看清楚那個孩子，胖圓圓的臉，面色卻是一種令人不悅的青黃，尤其眼神呆滯，總是泛視著同一個方向，彷彿對這個世界迷惑得厲害呢！

「天要黑啦！回家吃飯囉！吃飽飯爸爸教你畫畫，你最喜歡畫畫，是不是？」

孩子由賴恒修牽在手裡，只是附和的搖擺向前，對他父親的說話卻是沒有絲毫反應。

雖然先時我們就已經了解了孩子的狀況，可是當我們眞正看見了，竟仍然感到萬分的驚愕。一時間沒有人知道該怎麼辦，大夥兒只是手足無措的望著他們由面前輕輕的走過。

「喔！」突然賴恒修收住了腳，臉上的表情也由原先的灰敗湧出了興奮的顏色。呵！他認出我們來了。

「看！快看！那是什麼？」他放開孩子，眼光躍過我們，指向老遠老遠的地方：「火車哪！是火車啦！嗚嗚嗚！火車！看哪！」

「車……車……」孩子咧開了大嘴，呆板的呵呵笑著。他學著父親，用力揮舞兩手，就像捕捉住天下最美好的夢：「車……車哪！……」

「對！是車！是車……」

父子倆相攜著手飛奔了起來，飛向那老遠老遠，渺小得只看得見一排列黑箱體移動的火車。最後我們竟然不知道他們是什麼時候在視野中完全消失的，只是默默的站在風裡……

附錄

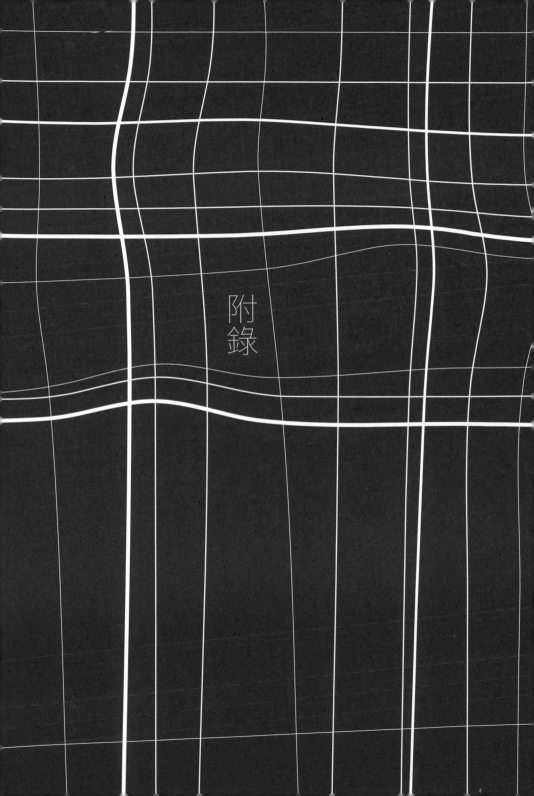

對才女蕭颯的期望

司馬中原

蕭颯這筆名，曾經鬧過一陣子雙包，一位是文壇老將蕭超群，一位是才華卓絕的年輕女作家。超群是我的老友，他的才氣橫溢，對人生的觀察深透，正如他的本名一樣，處處顯得「超群」；不過，近些年來，他專心教育工作，作品漸稀，真的有些「蕭瑟」之感，我倒盼望他成為庾信，來一個「暮年詩賦動鄉關」呢。而這位年輕的蕭颯，創作豐沛，所寫的短篇作品，每篇皆具特色，正是我樂於向廣大讀者介紹的。

蕭颯的短篇作品，多取材於現實生活中若干看似微小平凡的事件，但她對於那些事件的認知和掌握，卻都是深刻的，她無心刻意去營建什麼，而用她高度敏銳的感性，清麗玲瓏的筆觸，自然呈現出作品的精神來。

她的每一篇小說，內容和形式的契合度都很高，保持著柔圓生動的韻致；文字洗練成熟，處處顯示出她表現的技巧。我們稱道她的才情，由這裡特別可以看出來，她的文字是自然平實，毫無雕鑿和矯飾；但它又是流麗和豐沛的，不浮，不澀，運用得恰到好處。單是這一點，就得要十年以上的功力；沒有足夠才情的人，即使努力終生，也未免臻此。

她對生活根鬚的掌握和品味，也足以顯示出她內蘊的才華，她對大千世界充滿真摯的關心，因此，在作品中也顯露人道的悲情。她的作品，表面看來是輕巧的，實質上卻是溫厚的。她的作品，通篇無一字說理，絕不霸氣的肯定什麼。你所能看到的，只是鮮活生動的生存狀貌，使你同情、感動和深深思悟。她具有一個優秀作家所應具有的生命內涵，以及表現的技巧。她的前途是可以肯定的，一切只在於實踐而已。

〈臨時演員〉這個短篇，發表於三年前，當時就帶給我強烈的藝術震撼，它算不上是喜劇，也算不上是悲劇，卻是悲喜交融，令人感慨萬端的人生實劇。作者寫一個海員的妻子——宛玉，因為丈夫長年浮海謀生，久未歸來，家中斷了接濟，生活陷於艱困之中，先以作零工換取生活用度，奈所得甚微，鄰居中有從事臨時演員工作者，乃介紹她拖了孩子去幹這一行，臨時演員是數人頭的，孩子也算一份兒。

作者寫宛玉帶了孩子去片場，那種尷尬的心理，一情一境，都極為細緻，真是入木三分。中段寫她如何幹上這一行的經過，將現實和回憶糅成一體，寫來也極生動。

生活的，社會的，心理的根鬚，一股腦兒的全抖露出來了。這一段，就表現而論，非常錯綜難寫，她必須刪除生活上與題旨無關的繁冗，再將所要表現的嚴加組織，將它生動流現出來。在這樣難寫的段落，作者秀筆一揮，就毫不著力的寫了出來，寫得恰到好處——這不是生花之筆是什麼？

這篇作品的後段，寫宛玉對這一行的生疏，竟然在無意中鬧出一個必須擰哭孩子上鏡頭的笑話來。她本身哭笑不得，但卻變成別人企慕的對象，這是作品的高潮，作者仍以一貫平淡的筆墨為之。正因這樣的淡遠，它感人的程度也就更深了。

讀蕭颯的每篇作品，對我而言都是一種精神的享受。實際上，我們每個人都是人生舞台上的臨時演員，也正有無數真實的戲劇，圍繞在我們的身邊。像作者這樣的才情，在我眼裡，也正像她筆下所寫的那位女主角吧；但重才而非重財，這片心懷想能為她所諒也。

六十九年八月・臺北市

——原載《中華文藝》月刊

少年漢生的煩惱

──〈我兒漢生〉讀後

張系國

蕭颯已出過兩本短篇小說集：《二度蜜月》及《日光夜景》。從兩本小說集的作品來看，蕭颯最擅長描述大都市裡錯綜複雜的男女關係。而這些瑣事，多半有著無可奈何的結局：「……一抬眼，卻瞥見桌曆上已是星期六了，那麼，明天又是個星期天了？」（〈明天，又是個星期天〉）「先換個工作吧！希望我能很快穩住了自己，那時候我將充滿信心的再回來收拾屋子。」（〈婚約〉）「小賀笑得很滿足。車子迎著太陽光駛出去，那閃光扎得人眼疼。明美想：自己也該有個決定吧？只是很難。」（〈日光夜景〉）「聶洪原一聲比一聲氣虛的喘著氣，恍惚覺得自己正置身在無人的空間裡，不久後，就連他也是要消失的。」（〈鬧鐘吵醒的早上〉）影業工作者、小商人、中學教師、出版工作者……蕭颯筆下常見的人物，多半是這樣的中產階級背景的男女。

〈我兒漢生〉，就蕭颯的過去創作來看，是一個突破。固然〈我兒漢生〉處理的仍是中產階級的教育問題，但作者第一次試圖描述成長中的年輕一代的苦悶，可說超越了過去的寫作範圍。選擇「母親」的觀點，是作者最大的成功處，這容許作者以娓娓道家常的筆法，敘述漢生的奮鬥和挫折。而「母親」的觀點，是典型中產階級的人生觀，因此自然產生反諷的效果。例如第一段：「……我也不是個守舊的母親，我一直努力著使自己跟得上時代，希望自己仍是個心智活躍的女人……正因為這樣，所有認識漢生的人也都不相信我是他母親，這雖然是很好的恭維，可是逐年的我發覺到，我和漢生間的母子關係也愈來愈趨於稀疏冷淡了。」一直「努力使自己跟得上時代」的母親，一直設法「和兒女間祛除代溝」的母親，卻「正因為這樣」，和兒子愈來愈疏遠。這是對中產階級父母絕佳的反諷。通篇中「母親」似乎並未覺察到這一點，只希望用親情來感化兒子。最後她幾乎成功了。幸好蕭颯一貫彈性收場的筆法，這次倒給漢生留了一條活路；漢生最後是否妥協，作者並未說明。漢生雖然抱怨「白浪費了半年時間」，又說「早知道還不如在廣告公司待下去」，但這是氣話，他畢竟「第二天早上又走了」。讀者不禁替漢生捏把冷汗，希望他終於能奮鬥成功。

「漢生」的故事，表達了中產階級年輕一代的苦悶，年長一代雖有心意卻無法開導兒女的惶惑；側面反映出目前的中產階級缺乏完整明確的人生觀，不僅無法開導下一代，連自身存在之目的，也無法辨明。由於觀點的限制，〈我兒漢生〉只能從一個角度暴露問題，但因此能達到反諷的良好效果。就小說技巧而論，〈我兒漢生〉並沒有太特出的地方，節奏也嫌稍慢。我個人最欣賞的一段，是漢生的父母請朋友吃飯，漢生突然回來了，父親朋友問他現在做什麼？

「開計程車！」漢生像是故意和誰賭氣般的宣布。

大家還是繼續著笑談；可是我總覺得笑聲沒有剛才自然了。

不開計程車，漢生又該做些什麼？妥協接受中產階級的生活方式，成為蕭颯筆下其他都市男女的角色之一？還是繼續堅持理想？漢生的浪漫，雖然和宋澤萊筆下人物的浪漫不盡相同，但浪漫理想和現實環境的衝突，倒是類似的。〈我兒漢生〉和〈漁港故事〉，可以從不同角度，處理了同樣的主題。

——原載《聯合報・副刊》

蕭颯的《我兒漢生》

應鳳凰

雖然只是整本書裡的其中一篇短篇小說，〈我兒漢生〉得到的評論與讚許，卻超過字數一萬六千字的小說好幾倍。它還被改編拍成一部同名電影，銀幕上的劇情結構與小說文本一樣高潮迭起，引人入勝。

從題目的「我」字看得出來，小說從頭到尾有個「第一人稱敘述者」，即小說中的母親，由她口中陳述他們小家庭成員的過去與現在。故事主線是她與兒子漢生的幾次衝突，顯現他們之間算不上和諧的母子關係。

換句話說，作者要透過這篇小說，破除一般人「處處有模範母親」的刻板印象，呈現「母親難為」的主題——小說告訴讀者，母職有其困境，母親的角色並不像一般人想像的那麼容易。

漢生從小也和別的小娃娃一樣白胖可愛。上了中學以後，也就是青少年階段，卻開始對旁人充滿了懷疑與不屑。除了暗地裡寫信廣交外國筆友，學習開鎖，與同學結夥到書店偷書以外，有一次還拿了老爸的獵刀戳傷同學，被學校記過處分。

後來漢生換到一家私立中學，卻又因散發傳單攻擊師長，被學校開除。最讓家人吃驚的是——漢生並不認為自己有什麼錯，他義正詞嚴地告訴母親「我只是為了正義，說大家不敢說的話」。

但是換個角度看，漢生的確是有正義感、有愛心的熱血青年。他考上一所大學的社會系，課餘熱心參加山地服務隊，宿舍貼的是史懷哲的放大照片。畢業以後，他不靠父親的關係，自己找工作，滿腔熱誠要奉獻社會。只可惜他上班之後，沒有一個工作令他滿意，從一所社會協進機構換到一所傷殘服務中心，又從礦工福利機構轉入保險公司，不是嫌工作太單調，就是抱怨同事太自私。後來進了一家廣告公司，同樣不滿意，認為工作枯燥無意義，最後辭職去開計程車。

蕭颯的小說，生動地呈現了戰後臺灣經濟變遷中、城市中產階級家庭所面臨的問題，例如生活優裕，但家人之間的關係疏離。作者也成功塑造了一位受過完整學校教育，卻與現實環境格格不入的社會青年——他既是主角潘漢生，也是千千萬萬進入社會以後，發現「理想」與「現實」衝突，終致墮落不振的代表典型。

理想與現實衝突，理論與實際有差距，正是小說另一個重要主題。漢生自食其力去開計程車之後，故事並沒有結束；原來他開車是有更遠大的目標——等賺夠一筆錢之後，「搞出版、辦雜誌，講我們要講的話，供給這個社會真正需要的知識」。不幸這美麗而遠大的理想完全經不起現實的考驗——事實是：漢生不久便與舞女同居，存的錢被朋友倒掉，因而欠了一身債。他承認自己是天字第一號大笨蛋，後悔當初沒有在廣告公司繼續待下去。

漢生的墮落，如果不是家庭教育失敗，便是學校教育出了問題。小說描寫了青年人理想的幻滅與失落，讀者卻在同時看到了師長與父母心中的挫折。

其中最有意思也最反諷的是，小說中這個母親還是一份少年刊物的主編，她在雜誌上開闢了一個專門和孩子們聊天的專欄，每期談論並排解與他們相關的問題。她這位「青少年專家」原來只是「紙上談兵」，面臨自己兒子的切身問題，則完全找不到有效的對策。

小說中母親的角色其實是十分認真而努力的，她一再強調：「我也不是一個守舊的母親，我一直努力使自己跟得上時代，希望自己仍是個心智活躍的女人。」難怪很多評論家都稱讚蕭颯是位優秀的小說家，她不但充分反映了臺灣社會一些普遍性的問題，身為女性，她更深刻地體會到母職的困境，並藉家庭角色間的衝突，以精采的故事將其生動地表現出來。

〈我兒漢生〉曾獲得一九七九年《聯合報》小說獎，結集成書以後，於一九八一年由臺北九歌出版社出版。

——原載《臺灣文學花園》玉山社出版

《我兒漢生》相關評論、論文索引

評論文章	評論者	原載處	原載日期
少年漢生的煩惱——〈我兒漢生〉讀後	張系國	聯合報	一九七九年九月二十一日
小說家筆下少年的縮影	王瑞香	中國時報	一九八〇年三月二十六日
對才女蕭颯的期望	司馬中原	中華文藝	一九八〇年九月
小說中的女性意識——讀蕭颯近作有感	張系國	聯合報	
臺北人的新形象——讀蕭颯近作有感	呂　昱	書評書目	一九八一年九月
蕭颯・小說・七十年代	林依潔	明道文藝	一九八一年十一月

虛幻的理想主義者——談〈我兒漢生〉	歐宗智	自立晚報	一九八一年十一月二十九日
多重變貌的人生——蕭颯〈我兒漢生〉的世界	郭明福	中華日報	一九八一年十一月八日
捕捉人生的廣角境——蕭颯和她的小說	彭碧玉	聯合報	一九八三年一月
時代的抽樣——談〈我兒漢生〉	劉紹銘	中國時報	一九八三年二月十日
蕭颯的小說世界	鐘麗慧	明道文藝	一九八三年七月
小說，人生？無奈——論〈我兒漢生〉之寫作觀及技巧	楊宗潤	新書月刊	一九八四年二月
繁華熱鬧下的另一種人生——以實力論蕭颯的小說	齊邦媛	聯合文學	一九八五年三月
文學與歷史的交會——〈我兒漢生〉寫青少年的成長	龔鵬程	當代雜誌	一九八六年十一月
造端乎夫婦的省思——談蕭颯小說中的婚姻主題	吳達芸	文星雜誌	一九八七年八月

社會的產物——論蕭颯筆下的女人	賀安慰	臺灣當代短篇小說的女性描寫	一九八九年一月
暴風雨裡的冷眼——〈我兒漢生〉以神來妙筆反映現實	廖宏文	中華日報	一九九二年四月八日
蕭颯的《我兒漢生》	應鳳凰	臺灣文學花園	二〇〇三年一月

論文題目	**撰寫者**	**系所**	**撰寫年**
走出婚姻的藩籬：蕭颯小說中的女性成長	陳靜宜	中興大學中國文學所	一九九八年
蕭颯及其小說的三種主題研究	吳亭蓉	成功大學中國文學所	二〇〇一年
從傳統到現代：八〇年代以降女性小說的發展——以蕭麗紅、蕭颯為中心	宋怡慧	政治大學國文教學所	二〇〇五年
蕭颯小說研究——走出生命的桎梏	林俊廷	玄奘大學中國語文所	二〇〇六年
蕭颯小說中以女性爲中心的人倫關係研究	陳婉蘋	中山大學中國文學所	二〇〇六年
蕭颯小說中母親形象的研究	許雅茹	雲林科技大學漢學資料整理所	二〇〇六年
蕭颯及其小說中的青少年人物	葉芳君	中山大學中國文學所	二〇〇七年

浮詭的年代‧危機的敘事——蕭颯小說研究	鍾宜芬	淡江大學中國文學所	二〇〇八年
蕭颯家庭小說研究	呂佳芸	中正大學臺灣文學所	二〇〇八年
桎梏、覺醒——蕭颯小說中女性意識之研究	林淑惠	淡江大學中國文學碩士在職專班	二〇一一年
蕭颯《我兒漢生》研究	丁斐潔	佛光大學文學所	二〇一二年

蕭颯作品集 1

我兒漢生（增訂新版）

作者	蕭颯
責任編輯	蔡佩錦
創辦人	蔡文甫
發行人	蔡澤玉
出版發行	九歌出版社有限公司 臺北市105八德路3段12巷57弄40號 電話／02-25776564・傳真／02-25789205 郵政劃撥／0112295-1
九歌文學網	www.chiuko.com.tw
印刷	晨捷印製股份有限公司
法律顧問	龍躍天律師・蕭雄淋律師・董安丹律師
初版	1981（民國70）年 1月10日
典藏新版	2005（民國94）年 2月10日
增訂新版	2016（民國105）年 1月
定價	280元

書號	0111501
ISBN	978-986-450-037-6

（缺頁、破損或裝訂錯誤，請寄回本公司更換）

國家圖書館出版品預行編目資料

我兒漢生 /蕭颯著. -- 增訂新版.--
臺北市：九歌, 民105.1
256面 ；14.8×21公分. --（蕭颯作品集；1）

ISBN 978-986-450-037-6（平裝）

857.63　　104027288